郁達夫作品精選 2

微雪

經典新版

郁達夫

郁達夫——著

相逢仍在水邊樓
不訴歡娛卻訴愁
三月煙花千里夢
十年舊事一回頭

郁達夫

《微雪》目次

蔦蘿行①

同居的人全出外去後的這沉寂的午後的空氣中獨坐著的我，表面上雖則同春天的海面似的平靜，然而我胸中的寂寥，我腦裏的愁思，什麼人能夠推想得出來？現在是三點三十分了。外面的馬路上大約有和暖的陽光夾著了春風，在那裏助長青年男女的遊春的興致；但我這房裏的透明的空氣，何以會這樣的沉重呢？龍華附近的桃林草地上，大約有許多穿著時式花樣的輕綢繡緞的戀愛者在那裏對著蒼空發愉樂的清歌；但我的這從玻璃窗裏透過來的半角青天，何以總帶著一副嘲弄我的形容呢？啊啊，在這樣薄寒輕暖的時候，當這樣有作有爲的年紀，我的生命力，我的活動力，何以會同冰雪下的草芽一樣，一些兒也生長不出來呢？啊啊，我的女人！我的不能愛而又不得不愛的女人！我終覺得對你不起！

計算起來，你的列車大約已經駛過松江驛了，但你一個人抱了小孩在車窗裏呆著陌生行人的景狀，我好像在你旁邊看守著的樣子。可憐你一個弱女子，從來沒有單獨出過門，你此刻呆坐在車裏，大約在那裏回憶我們兩人同居的時候，我虐待你的一件件的事情了吧！啊啊，我的女人，我的不得不愛的女人，你不要在車中滴下眼淚來，我平時雖則常常虐待你，但我的心中卻在哀憐你的，卻在痛愛你的；不過我在社會上受來的種種苦楚，壓迫，侮辱，若不向你發泄，教我更向誰去發泄呢！啊啊，我的最愛的女人，你若知道我這一層隱衷，你就該饒恕我了。

唉，今天是舊曆的二月二十一日，今天正是清明節呀！大約各處的男女都出到郊外去踏青的，你在車窗裏見了火車路線兩旁郊野裏在那裏遊行的夫婦，你能不怨我的麼？你怨我也罷了，你倘能恨我怨我，怨得我望我速死，那就好了。但是辦不到的，怎麼也辦不到的，你一邊怨我，一邊又必在原諒我的，啊啊，我一想到你這一種優美的靈心，教我如何能忍得過去呢！

細數從前，我同你結婚之後，共享的安樂日子，能有幾日？我十七歲去國之後，一直的在無情的異國蟄住了八年。這八年中間就是暑假寒假也不回國來的原因，你知道麼？我八年間不回國來的事實，就是我對舊式的，父母主張的婚約的反抗呀！這原不是你的錯，也不是我的錯，作孽者是你的父母和我的母親。但我在這八年之中，不該默默的無所表示的。

後來看到了我們鄉間的風習的牢不可破，離婚的事情的萬不可能，又因你家父母的日日的催促，我的母親的含淚的規勸，大前年的夏天，我才勉強應承了與你結婚。但當時我提出的種種苛刻的條件，想起來我在此刻還覺得心痛。我們也沒有結婚的種種儀式，也沒有證婚的媒人，也沒有請親朋來喝酒，也沒有點一對蠟燭，放幾聲花炮。你在將夜的時候，坐了一乘小轎從去城六十里的你的家鄉到了縣城裏的我的家裏；我的母親陪你吃了一碗晚飯，你就一個人摸上樓上我的房裏去睡了。那時候聽說你正患瘧疾，我到夜半拿了一枝蠟燭上床來睡的時候，只見你穿了一件白紡綢的單衫，在暗黑中朝裏床睡在那裏。你聽見了我上床來的聲音，卻朝轉來默默的對我看了一眼。啊！那時候的你的憔悴的形容，你的水汪汪的兩眼，神經常在那裏顫動的你的小小的嘴唇，我就是到死也忘不了的。我現在想起來還要滴眼淚哩！

在窮鄉僻壤生長的你，自幼也不曾進過學校，也不曾呼吸過通都大邑的空氣，提了一雙纖細纏小了的足，抱了一箱家塾裏念過的《列女傳》、女四書等舊籍，到了我的家裏。既不知女人的嬌媚是如何裝作，又不知時樣的衣裳是如何剪裁，你只奉了柔順兩字，作了你的行動的規範。

結婚之後，因為城中天氣暑熱的緣故，你就同我同上你家去住了幾天，總算過了幾天安樂的日子；但無端又遇了你侄兒的暴行，淘了許多說不出來的閒氣，滴了許多拭不乾淨的眼淚，我與你在你侄兒鬧事的第二天就匆匆的回到了城裏的家中。過了兩三天我又害起病來，你也瘧疾復發了。我就決定挨著病離開了我那空氣沉濁的故鄉。將行的前夜，你也不說什麼，我也沒有什麼話好對你說。我從朋友家裏喝醉了酒回來，睡在床上，只見你呆呆的坐在灰黃的燈下。可憐你一直到第二天的早晨我將要上船的時候止，終沒有橫到我床邊上來睡一忽兒，也沒有講一句話；第二天天剛亮的時候，母親就來催我起身，說輪船已到鹿山腳下了。

從此一別，又同你遠隔了兩年。你常常寫信來說家裏的老祖母在那裏想念我，暑假寒假若有空閒，叫我回家來探望探望祖母母親，但我因為異鄉的花草，和年輕的朋友挽留我的緣故，終究沒有回來。

唉唉！那兩年中間的我的生活！紅燈綠酒的沉湎，荒妄的邪遊，不義的淫樂。在中宵酒醒的時候，在秋風涼冷的月下，我也曾想念及你，我也曾痛哭過幾次。但靈魂喪失了的那一群嫵媚的遊女，和她們的嬌艷動人的假笑佯啼，終究把我的天良迷住了。

前年秋天我雖回國了一次，但因爲朋友邀我上A地去了，我又沒有回到故鄉來看你。在A地住了三個月，回到上海來過了舊曆的除夕，我又回東京去了。直到了去年的暑假前，我提出了卒業論文，將我的放浪生活作了個結束，方才拖了許多饑不能食寒不能衣的破書舊籍回到了中國。一踏了上海的岸，生計問題就逼緊到我的眼前來，縛在我周圍的運命的鐵鎖圈，就一天一天的紮緊起來了。

留學的時候，多謝我們孱弱無能的政府，和沒有進步的同胞，像我這樣的一個生則於世無補，死亦於人無損的零餘者，也考得了一個官費生的資格。雖則每月所得不能敷用，是租了屋沒有食，買了食沒有衣的狀態，但究竟每月還有幾十塊錢的出息，調度得好也能勉強免於死亡。並且又可進了病院向家裏勒索幾個醫藥費，拿了書店的發票向哥哥乞取幾塊買書錢。所以在繁華的新興國的首都裏，我卻過了幾年放縱的生活。如今一定的年限已經到了，學校裏因爲要收受後進的學生，再也不能容我在那綠樹陰森的圖書館裏，作白晝的癡夢了。並且我們國家的金庫，也受了幾個磁石心腸的將軍和大官的吮吸，把供養我們一班不會作亂的割勢者的能力喪失了。所以我在去年的六月就失了我的維持生命的根據，那時候我的每月的進款已經沒有了。以年紀講起來，像我這樣二十六七的青年，正好到社會去奮鬥，況且又在外國國立大學裏卒業了的我，誰更有這樣厚的面皮，再去向家中年老的母親，或狷潔自愛的哥哥，乞求養生的資料。我去年暑假裏一到上海流寓了一個多月沒有回家來的原因，你知道了麼？我現在索性對你講明了吧，一則雖因爲一天一天的挨過了幾天，把回家的旅費用完了，其他我更有這一段不能回家的苦衷在的呀，你可能瞭解？

啊啊，去年六月在燈火繁華的上海市外，在車馬喧嚷的黃浦江邊，我一邊念著Housman的A Shropshire Lad裏的

Come you home a hero
Or come not home at all,
The lads you leave will mind you
Till Ludlow tower shall fall,

幾句清詩，一邊呆呆的看著江中黝黑混濁的流水，曾經發了幾多的嘆聲，滴了幾多的眼淚。你若知道我那時候的絕望的情懷，我想你去年的那幾封微有怨意的信也不至於發給我了。——啊，我想起了，你是不懂英文的，這幾句詩我順便替你譯出吧。

「汝當衣錦歸，
否則永莫回，
令汝別後之兒童
望到拉德羅塔毀。」

平常責任心很重，並且在不必要的地方，反而非常隱忍持重的我，當留學的時候，也不曾著過一書，立過一說。天性膽怯，從小就害著自卑狂的我，在新聞雜誌或稠人廣眾之中，從不敢自家吹一點小小的氣焰。不在圖書館內，便在咖啡店裏山水懷中過活的我，當那些現代的青年當作科場看的群眾運動起來的時候，絕不會去慷慨悲歌的演說一次，出點無意義的風頭。賦性愚魯，不善交遊，不善鑽營的我，平心講起來，在生活競爭劇烈，到處有陷阱設伏的現在的中國社會裏，當然是沒有生存的資格的，去年六月間，尋了幾處職業失敗之後，我心裏想我自家若想逃出這惡濁的空氣，想解決這生計困難的問題，最好唯有一死。但我若要自殺，我必須先弄幾個錢來，痛飲飽吃一場，大醉之後，用了我的無用的武器，至少也要擊殺一二個世間的人類——若他是比我富裕的時候，我就算替社會除了一個惡。若他是和我一樣或比我更苦的時候，我就算解決了他的困難，救了他的靈魂——然後從容就死。我因爲有這一種想頭，所以去年夏天在睡不著的晚上，拖了沉重的腳，上黃浦江邊去了好幾次，仍復沒有自殺。到了現在我可以老實的對你說了，我在那時候，我並不曾想到我死後的你將如何的生活過去。我的八十五歲的祖母，和六十來歲的母親，在我死後又當如何的種種問題，當然更不在我的腦裏了。

你讀到這裏，或者要罵我沒有責任心，丟下了你，自家一個去走乾淨的路。但我想這責任不應該推給我負的，第一我們的國家社會，不能用我去作他們的工，使我有了氣力能賣錢來養活我自家和你，所以現代的社會，就應該負這責任。即使退一步講，第二你的父母不能教育你，使你獨立營生，便是你父母的壞處，所以你的父母也應該負這責任。第三我的母親戚族，知道我沒有養活你的能力，要苦苦的勸我結婚，他們也應該負這責任。這不過是現在我寫到這裏想出來的話，當時原是沒有想到的。

上海的T書局和我有些關係，是你所知道的。你今天午後不是從這T書局編輯所出發的麼？去年六月經理的T君看我可憐不過，卻爲我關說了幾處，但那幾處不是說我沒有聲望就嫌我脾氣太大，不善趨奉他們的旨意，不願意用我。我當初把我身邊的衣服金銀器具一件一件的典當之後，在烈日蒸照，灰土很多的上海市街中，整日的空跑了半個多月，幾個有職業的先輩，和在東京曾經受過我的照拂的朋友的地方，我都去訪問了。他們有的時候，也約我上菜館去吃一次飯；有的時候，知道我的意思便也陪我作了一副憂鬱的形容，且爲我籌了許多沒有實效的計劃。我於這樣的晚上，不是往黃浦江邊去徘徊，便是一個人跑上法國公園的草地上去呆坐。在那時候，我一個人看看天上悠久的星河，聽聽遠遠從那公園的跳舞室裏飛過來的舞曲的琴音，老有放聲痛哭的時候，幸虧在黃昏的時節，公園的四周沒有人來往，所以我得盡情的哭泣；有時候哭得倦了，我也曾在那公園的草地上露宿過的。

陽曆六月十八的晚上——是我忘不了的一晚，T君拿了一封A地的朋友寄來的信到我住的地方來。平常只有我去找他，沒有他來找我的，T君一進我的門，我就知道一定有什麼機會了。他在我用的一張破桌子前坐下之後，果然把信裏的事情對我講了。他說：

「A地仍復想請你去教書，你願不願意去？」

教書是有識無產階級的最苦的職業，你和我已經住過半年，我的如何不願意教書，教書的如何苦法，想是你所知道的，我在此處不必說了。況且A地的這學校裏又有許多黑暗的地方，有幾個想做校長的野心家，又是忌刻心很重的，像這樣的地方的教席，我也不得不承認下去的當時的苦況，大約是你所意想不到的，因為我那時候同在倫敦的屋頂下挨餓的Chatterton②一樣，一邊雖在那裏吃苦，一邊我寫回來的家信上還寫得娓娓有致，說什麼地方也在請我，什麼地方也在聘我哩！

啊啊！同是血肉造成的我，我原是有虛榮心，有自尊心的呀！請你不要罵我作燔間乞食的齊人吧！唉，時運不濟，你就是罵我，我也甘心受罵的。

我們結婚後，你給我的一個鑽石戒指，我在東京的時候，替你押賣了，這是你當時已經知道的。我當T君將A地某校的聘書交給我的時候，身邊值錢的衣服器具已經典當盡了。在東京學校的圖書館裏，我記得讀過一個德國薄命詩人Grabbe③的傳記。一貧如洗的他想上京去求職業去，同我一樣貧窮的他的老母將一副祖傳的銀的食器交給了他，作他的求職的資斧。他到了孤冷的首都裏，今日吃一個銀匙，明日吃一把銀刀，不上幾日，就把他那副祖傳的食器吃完了。我記得Heine④還嘲笑過他的。去年六月的我的窮狀，可是比Grabbe更甚了；最後的一點值錢的物事，就是我在東京買來，預備送你的一個天賞堂製的銀的裝照相的架子，我在窮急的時候，早曾打算把它去換幾個錢用，但一次一次的難關都被我打破，我決心把這一點微物，總要安安全全的送到你的手裏；殊不知到了最後，我接到了A地某校的聘書之後，仍不得不把它去押在當舖裏，換成了幾個旅費，走回家來探望年老的祖母母親，探望怯弱可憐同綿羊一樣的你。

去年六月，我於一天晴朗的午後，從杭州坐了小汽船，在風景如畫的錢塘江中跑回家來。過了靈橋裏山等綠樹連天的山峽，將近故鄉縣城的時候，我心裏同時感著了一種可喜可怕的感覺。立在船舷上，呆呆的凝望著春江第一樓前後的山景，我口裏雖在微吟「近鄉情更怯，不敢問來人」的二句唐詩，我的心裏卻在這樣的默禱：

……天帝有靈，當使埠頭一個我的認識的人也不在！要不使他們知道才好，要不使他們知道我今天淪落了回來才好……

船一靠岸，我左右手裏提了兩隻皮篋，在晴日的底下從亂雜的人叢中伏倒了頭，同逃也似的走向家來。我一進門看見母親還在偏間的膳室裏喝酒。我想張起喉音來親親熱熱的叫一聲母親的，但一見了親人，我就把回國以來受的社會的侮辱想了出來，所以我的咽喉便梗住了；我只能把兩隻皮篋朝凳上一拋，馬上就匆匆的跑上樓上的你的房裏來，好把我的沒有丈夫氣，到了傷心的時候就要流淚的壞習慣藏藏躲躲，誰知一進你的房，你卻流了一臉的汗和眼淚，坐在床前嗚咽地暗在啜泣。我動也不動的呆看了一忽，方提起了乾燥的喉音，幽幽的問你爲什麼要哭。你聽了我這句問話反哭得更加厲害，暗泣中間卻帶起幾聲壓不下去的唏噓聲來了。我又問你究竟爲什麼，你只是搖頭不說。本來是傷心的我，又被你這樣的引誘了一番，我就不得不抱了你的頭同你對哭起來。喝不上一碗熱茶的工夫，樓下的母親就大罵著說：

「……什麼的公主娘娘，我說著這幾句話，就要上樓去擺架子。……輪船埠頭誰對你這小畜生講了，在上海逛了一個多月，走將家來，一聲也不叫，狠命的把皮篋在我面前一丟……這算是什麼行爲！……你便是封了王回來，也沒有這樣的行爲的呀！……兩夫妻暗地裏通通信，商量商量，……你們好來謀殺我的……」

我聽見了母親的罵聲，反而止住不哭了。聽到「封了王回來」的這一句話，我覺得全身的血流都倒注了上來。在炎熱的那盛暑的時候，我卻同在寒冬的夜半似的手腳都發了抖。啊啊，那時候若沒有你把我止住，我怕已經冒了大不孝的罪名，要永久的和我那年老的母親訣別了。若那時候我和我母親吵鬧一場，那今年的祖母的死，我也是送不著的，我爲了這事，也不得不重重的感謝你的呀！

那一天我的忽而從上海的回來，原是你也不知道，母親也不知道的。後來母親的氣平了下去，你我的悲感也過去了的時候，我才知道我沒有到家之先，母親因爲我久住上海不回家來的原因，在那裏發脾氣罵你。啊啊，你爲了我的緣故，害罵害說的事情大約總也不止這一次了。也難怪你當我告訴你說我將於幾日內動身到A地去的時候，哀哀的哭得不住的。你那柔順的性質，是你一生吃苦的根源。同我的對於社會的虐待，絲毫沒有反抗能力的性質，卻是一樣。啊啊！反抗反抗，我對於社會何嘗不曉得反抗，你對於加到你身上來的虐待也何嘗不曉得反抗，但是怯弱的我們，沒有能力的我們，教我們從何處反抗起呢？

到了痛定之後，我看看你的形容，比前年患瘧疾的時候更消瘦了。到了晚上，我捏到你的下腿，竟沒有那一段肥突的腳肚，從腳後跟起，到腳彎膝止，完全是一條直線。啊啊！我知道了，我知道白天我對你說我要上A地去的時候你就流眼淚的原因了。

我已經決定帶你同往A地，將催A地的學校裏速匯二百元旅費來的快信寄出之後，你我還不敢將這計劃告訴母親，怕母親不贊成我們。到了旅費匯到的那天晚上，你還是疑惑不決的說：

「萬一外邊去不能支持，仍要回家來的時候，如何是好呢！」

可憐你那被威權壓服了的神經，竟好像是希臘的巫女，能預知今天的劫運似的。唉，我早知道有今天的一段悲劇，我當時就不該帶你出來了。

我去年暑假鬱鬱的在家裏和你住了幾天，竟不料就會種下一個煩惱的種子的。等我們同到了A地將房屋什器安頓好的時候，你的身體已經不是平常的身體了。吃幾口飯就要嘔吐。每天只是懶懶的在床上躺著。頭一個月我因爲不知底細，曾經罵過你幾次，到了三四個月上，你的身體一天一天的重起來，我的神經受了種種激刺，也一天一天的粗暴起來了。

第一因爲學校裏的課程乾燥無味，我天天去上課就同上刑具被拷問一樣，胸中只感著一種壓迫。

第二因爲我在雜誌上發表了一篇舊作的文字，淘了許多無聊的閒氣。更有些忌刻我的惡劣分子，就想以此來作我的葬歌，紛紛的攻擊我起來。

第三我平時原是揮霍慣了的，一想到辭了教授的職後，就又不得不同六月間一樣，嘗那失業的苦味。況且現在又有了家室，又有了未來的兒女，萬一再同那時候一樣的失起業來，豈不要比曩時更苦。

我前面也已經提起過了，在社會上雖是一個懦弱的受難者的我，在家庭內卻是一個凶惡的暴君。在社會上受的虐待，欺淩，侮辱，我都要一一回家來向你發泄的。可憐你自從去年十月以來，竟變了一隻無罪的羔羊，日日在那裏替社會贖罪，作了供我這無能的暴君的犧牲。我在外面受了氣回來，不是說你做的菜不好吃，就罵你是害我吃苦的原因。我一想到了將來失業的時候的苦況，神經激動起來的時候每罵著說：

「你去死！你死了我方有出頭的日子。我辛辛苦苦，是爲什麼人在這裏作牛馬的呀。要只有我一個人，我何處不可去，我何苦要在這死地方作苦工呢！只知道在家裏坐食的你這行屍，你究竟是爲了什麼目的生存在這世上的呀？……」

你被我罵不過，就暗哭起來。我罵你一場之後，把胸中的悲憤發泄完了，大抵總立時痛責我自家，上前來愛撫你一番，並且每用了柔和的聲氣，細細的把我的發氣的原因——社會對我的虐待——講給你聽。你聽了反替我抱著不平，每又哀哀的爲我痛哭，到後來，終究到了兩人相持對泣而後已。像這樣的情景，起初不過間幾日一次的，到後來將放年假的時候，變了一日一次或一日數次了。

唉唉，這悲劇的出生，不知究竟是結婚的罪惡呢？還是社會的罪惡？若是爲結婚錯了的原因而起的，那這問題倒還容易解決；若因社會的組織不良，致使我不能得適當的職業，你不能過安樂的日子，因而生出這種家庭的悲劇的，那我們的社會就不得不根本的改革了。

在這樣的憂患中間，我與你的悲哀的繼承者，竟生了下來，沒有足月的這小生命，看來也是一個神經質的薄命的相兒。你看他那哭時的額上的一條青筋，不是神經質的證據麼？饑餓的時候，你餵乳若遲一點，他老要哭個不止，像這樣的性格，便是將來吃苦的基礎。唉唉，我既生到了世上，受這樣的社會的煎熬，正在求生不可，求死不得的時候，又何苦多此一舉，生這一塊肉在人世呢？啊啊！矛盾，慚愧，我是解說不了的了。以後若有人動問，就請你答覆吧。

悲劇的收場，是在一個月的前頭。那時候你的神經已經昏亂了，大約已記不清楚，但我卻牢牢記著的。那天晚上，正下弦的月亮剛從東邊升起來的時候。

我自從辭去了教授職後，托哥哥在某銀行裏謀了一個位置。但不幸的時候，事運不巧，偏偏某銀行爲了政治上的問題，開不出來。我閒居A地，日日在家中喝酒，喝醉之後，便聲聲的罵你與剛出生的那小孩，說你與小孩是我的腳鐐，我大約要爲你們的緣故沉水而死的。我硬要你們回故鄉去，你們卻是不肯。那一晚我罵了一陣，已經是朦朧的想睡了。在半醒半睡中間，我從帳子裏看出來，好像見你在與小孩講話。

「……你要乖些……要乖些。……小寶睡了吧……不要討爸爸的厭……不要討……娘去之後……要……要……乖些……」

講了一陣，我好像看見你坐在洋燈影裏揩眼淚，這是你的常態，我看得不耐煩了，所以就翻了一轉身。面朝著了裏床。我在背後覺得你在燈下哭了一忽，又站起來把我的帳子掀開了對我看了一回。我那時候只覺得好睡，所以沒有同你講話。以後我就睡著了。

我們街前的車夫，在我們門外亂打的時候，我才從被裏跳了起來。我跌來碰去的走出門來的時候，已經是昏亂得不堪了。我只見你的披散的頭髮，結成了一塊，圍在你的項上。正是下弦的月亮從東邊升起來的時候，黃灰色的月光射在你的面上；你那本來是灰白的面色，反射出了一道冷光，你的眼睛好好的閉在那裏，嘴唇還在微微的動著；你的濕透了的棉襖上，因爲有幾個扛你回來的車夫的黑影投射著，所以是一塊黑一塊青的。我把洋燈在地上一放，就抱著了你叫了幾聲，你的眼睛開了一開，馬上就閉上了，眼角上卻湧了兩條眼淚出來。

啊啊，我知道你那時候心裏並不怨我的，我知道你並不怨我的，我看了你的眼淚，就能辨出你的心事來，但是我哪能不哭，我哪能不哭呢？我還怕什麼？我還要維持什麼體面？我就當了眾人的面前哭出來了。那時候他們已經把你搬進了房。你床上睡著的小孩，聽見了嘈雜的人聲，也放大了喉嚨啼泣了起來。大約是小孩的哭聲傳到了你的耳膜上了，你才張開眼來，含了許多眼淚對我看了一眼。我一邊替你換濕衣裳，一邊教你安睡，不要去管那小孩。恰好間壁雇在那裏的乳母，也聽見了這雜噪聲起了床，跑了過來；我知道你眷念小孩，所以就教乳母替我把小孩抱了過去。奶媽抱了小孩走過床上你的身邊的時候，你又對她看了一眼。同時我卻聽見長江裏的輪船放了一聲開船的汽笛聲。

在病院裏看護你的十五天工夫，是我的心地最純潔的日子。利己心很重的我，從來沒有感覺到這樣純潔的愛情過。可憐你身體熱到四十一度的時候，還要忽而從睡夢中坐起來問我：

「龍兒，怎麼樣了？」

「你要上銀行去了麼？」

我從A地動身的時候，本來打算同你同回家去住的，像這樣的社會上，諒來總也沒有我的位置了。即使尋著了職業，像我這樣愚笨的人，也是沒有希望的。我們家裏，雖則不是豪富，然而也可算得中產，養養你，養養我，養養我們的龍兒的幾顆米是有的。你今年二十七，我今年二十八了。即使你我各有五十歲好活，以後還有幾年？我也不想富貴功名了。若為一點毫無價值的浮名，幾個不義的金錢，要把良心拿出來去換，要犧牲了他人作我的踏腳板，那也何苦哩。這本來是我從A地同你和龍兒動身時候的決心。不是動身的前幾晚，我同你拿出了許多建築的圖案來看了麼？我們兩人不是把我們回家之後，預備到北城近郊的地裏，由我們自家的手去造的小茅屋的樣子畫得好好的麼？我們將走的前幾天不是到A地的可記念的地方，與你我有關的地方都去逛了麼？我在長江輪船上的時候，這決心還是堅固得很的。

我這決心的動搖，在我到上海的第二天。那天白天我同你照了照相，吃了午膳，不是去訪問了一位初從日本回來的朋友麼？我把我的計劃告訴了他，他也不說可，不說否，但只指著他的幾位小孩說：

「你看看我，看我是怎麼也不願意逃避的。我的繫累，豈不是比你更多麼？」

啊啊！好勝的心思，比人一倍強盛的我，到了這兵殘垓下的時候，同落水雞似的逃回鄉裏去——

這一齣失意的還鄉記，就是比我更怯弱的青年，也不願意上臺去演的呀！

我回來之後，晚上一晚不曾睡著。你知道我胸中的愁鬱，所以只是默默的不響，因爲在這時候，你若說一句話，總難免不被我痛罵。這是我的老脾氣，雖從你進病院之後直到那天還沒有發過，但你那事件發生以前卻是常發的。

像這樣的狀態，繼續了三天。到了昨天晚上，你大約是看得我難受了，所以當我兀兀的坐在床上的時候，你就對我說：

「你不要急得這樣，你就一個人住在上海吧。你但須送我上火車，我與龍兒是可以回去的，你可以不必同我們去。我想明天馬上就搭午後的車回浙江去。」

本來今天晚上還有一處請我們夫婦吃飯的地方，但你因爲怕我昨晚答應你將你和小孩先送回家的事情要變卦，所以你今天就急急的要走。我一邊只覺得對你不起，一邊心裏不知怎麼的又在恨你。所以我當你在那裏撿東西的時候，眼睛裏湧著兩泓清淚，只是默默的講不出話來。直到送你上車之後，在車座裏坐了一忽，等車快開了，我才講了一句：

「今天天氣倒還好。」

你知道我的意思，所以把頭朝向了那面的車窗，好像在那裏探看天氣的樣子，許久不回過頭來。唉唉，你那時若把你那水汪汪的眼睛朝我看一看，我也許會同你馬上就痛哭起來的。也許仍復把你留在上海，不使你一個人回去的。也許我就硬的陪你回浙江去的，至少我也許要陪你到杭州。

但你終不回轉頭來，我也不再說第二句話，就站起來走下車了。我在月臺上立了一忽，故意不對你的玻璃窗看。等車開的時候，我趕上了幾步，卻對你看了一眼，我見你的眼下左頰上有一條痕跡在那裏發光。我眼見得車去遠了，月臺上的人都跑了出去，我一個人落得最後，慢慢的走出車站來。我不曉得是什麼原因，心裏只覺得是以後不能與你再見的樣子，我心酸極了。

啊啊！我這不祥之語，是多講的。我在外邊只希望你和龍兒的身體壯健，你和母親的感情融洽。我是無論如何，不至投水自沉的，請你安心。你到家之後千萬要寫信來給我的哩！我不接到你平安到家的信，什麼決心也不能下，我是在這裏等你的信的。

一九二三年四月六日清明節午後

注釋

①本篇最初發表於一九二三年五月一日《創造》季刊第一期。

②托瑪斯·查特頓（1752-1770），英國詩人。

③格拉比。

④海涅（1797-1856），德國詩人。

春風沉醉的晚上①

一

在滬上閒居了半年，因為失業的結果，我的寓所遷移了三處。最初我住在靜安寺路南的一間同鳥籠似的永也沒有太陽曬著的自由的監房裏。這些自由的監房的住民，除了幾個同強盜小竊一樣的凶惡裁縫之外，都是些可憐的無名文士，我當時所以送了那地方一個Yellow Grub Street②的稱號。在這Grub Street裏住了一個月，房租忽漲了價，我就不得不拖了幾本破書，搬上跑馬廳附近一家相識的棧房裏去。後來在這棧房裏又受了種種逼迫，不得不搬了，我便在外白渡橋北岸的鄧脫路中間，日新里對面的貧民窟裏，尋了一間小小的房間，遷移了過去。

鄧脫路的這幾排房子，從地上量到屋頂，只有一丈幾尺高。我住的樓上的那間房間，更是矮小得不堪。若站在樓板上升一升懶腰，兩隻手就要把灰黑的屋頂穿通的。從前面的衖里踱進了那房子的門，便是房主的住房。在破布洋鐵罐玻璃瓶舊鐵器堆滿的中間，側著身子走進兩步，就有一張中間有幾根橫檔跌落的梯子靠牆擺在那裏。用了這張梯子往上面的黑黝黝的一個二尺寬的洞裏一接，即能走上樓去。黑沉沉的這層樓上，本來只有貓額那樣大，房主人卻把它隔成了兩間小房，外面一間是一個N煙公司的女工住在那裏，我所租的是梯子口頭的那間小房，因為外間的住者要從我的房裏出入，所以我的每月的房租要比外間的便宜幾角小洋。

我的房主，是一個五十來歲的彎腰老人。他的臉上的青黃色裏，映射著一層暗黑的油光。兩隻眼睛是一隻大一隻小，顴骨很高，額上頰上的幾條皺紋裏滿砌著煤灰，好像每天早晨洗也洗不掉的樣子。他每日於八九點鐘的時候起來，咳嗽一陣，便挑了一雙竹籃出去，到午後的三四點鐘總仍舊是挑了一隻空籃回來的，有時挑了滿擔回來的時候，他的竹籃裏便是那些破布破鐵器玻璃瓶之類。像這樣的晚上，他必要去買些酒來喝喝，一個人坐在床沿上瞎罵出許多不可捉摸的話來。

我與間壁的同寓者的第一次相遇，是在搬來的那天午後。春天的急景已經快晚了的五點鐘的時候，我點了一枝蠟燭，在那裏安放幾本剛從棧房裏搬過來的破書。先把它們疊成了兩方堆，一堆小些，一堆大些，然後把兩個二尺長的裝畫的畫架覆在大一點的那堆書上。因爲我的器具都賣完了，這一堆書和畫架白天要當寫字臺，晚上可當床睡的。擺好了畫架的板，我就朝著了這張由書疊成的桌子，坐在小一點的那堆書上吸煙，我的背係朝著梯子的接口的。

我一邊吸煙，一邊在那裏呆看放在桌上的蠟燭火，忽而聽見梯子口上起了響動。回頭一看，我只見了一個自家的擴大的投射影子，此外什麼也辨不出來，但我的聽覺分明告訴我說：「有人上來了。」我向暗中凝視了幾秒鐘，一個圓形灰白的面貌，半截纖細的女人的身體，方才映到我的眼簾上來。一見了她的容貌，我就知道她是我的間壁的同居者了。因爲我來找房子的時候，那房主的老人便告訴我說，這屋裏除了他一個人外，樓上只住著一個女工。我一則喜歡房價的便宜，二則喜歡這屋裏沒有別的女人小孩，所以立刻就租定了的。等她走上了梯子，我才站起來對她點了點頭說：

「對不起，我是今朝才搬來的，以後要請你照應。」

她聽了我這話，也並不回答，放了一雙漆黑的大眼，對我深深的看了一眼，就走上她的門口去開了鎖，進房去了。我與她不過這樣的見了一面，不曉是什麼原因，我只覺得她是一個可憐的女子。她的高高的鼻樑，灰白長圓的面貌，清瘦不高的身體，好像都是表明她是可憐的特徵，但是當時正為了生活問題在那裏操心的我，也無暇去憐惜這還未曾失業的女工，過了幾分鐘我又動也不動的坐在那一小堆書上看蠟燭光了。

在這貧民窟裏過了一個多禮拜，她每天早晨七點鐘去上工和午後六點多鐘下工回來，總只見我呆呆的對著了蠟燭或油燈坐在那堆書上。大約她的好奇心被我那癡不癡呆不呆的態度挑動了罷，有一天她下了工走上樓來的時候，我依舊和第一天一樣的站起來讓她過去。她走到了我的身邊忽而停住了腳。看了我一眼，吞吞吐吐好像怕什麼似的問我說：

「你天天在這裏看的是什麼書？」

（她操的是柔和的蘇州音，聽了這一種聲音以後的感覺，是怎麼也寫不出來的，所以我只能把她的言語譯成普通的白話。）

我聽了她的話，反而臉上漲紅了。因為我天天呆坐在那裏，面前雖則有幾本外國書攤著，其實我的腦筋昏亂得很，就是一行一句也看不進去。有時候我只用了想像在書的上一行與下一行中間的空白裏，填些奇異的模型進去。有時候我只把書裏邊的插畫翻開來看看，就了那些插畫演繹些不近人情的幻想出來。我那時候的身體因爲失眠與營養不良的結果，實際上已經成了病的狀態了。況且又因爲我的唯一的財產的一件棉袍子已經破得不堪，白天不能走出外面去散步和房裏全沒有光線進來，不論白天晚上，都要點著油燈或蠟燭的緣故，非但我的全部健康不如常人，就是我的眼睛和腳力，也局部的非常萎縮了。在這樣狀態下的我，聽了她這一問，如何能夠不紅起臉來呢？所以我只是含含糊糊的回答說：

「我並不在看書，不過什麼也不做呆坐在這裏，樣子一定不好看，所以把這幾本書攤放著的。」

她聽了這話，又深深的看了我一眼，作了一種不解的形容，依舊的走到她的房裏去了。

那幾天裏，若說我完全什麼事情也不去找，什麼事情也不曾幹，卻是假的。有時候，我的腦筋稍微清新一點，也譯過幾首英法的小詩，和幾篇不滿四千字的德國的短篇小說，於晚上大家睡熟的時候，不聲不響的出去投郵，寄投給各新開的書局。因爲當時我的各方面就職的希望，早已經完全斷絕了，只有這一方面，還能靠了我的枯燥的腦筋，想想法子看。萬一中了他們編輯先生的意，把我譯的東西登了出來，也不難得著幾塊錢的酬報。所以我自遷移到鄧脫路以後，當她第一次同我講話的時候，這樣的譯稿已經發出了三四次了。

二

在亂昏昏的上海租界裏住著，四季的變遷和日子的過去是不容易覺得的。我搬到了鄧脫路的貧民窟之後，只覺得身上穿在那裏的那件破棉袍子一天一天的重了起來，熱了起來，所以我心裏想：

「大約春光也已經老透了罷！」

但是囊中很羞澀的我，也不能上什麼地方去旅行一次，日夜只是在那暗室的燈光下呆坐。在一天大約是午後了，我也是這樣的坐在那裏，間壁的同住者忽而手裏拿了兩包用紙包好的物件走了上來，我站起來讓她走的時候，她把手裏的紙包放了一包在我的書桌上說：

「這一包是葡萄漿的麵包，請你收藏著，明天好吃的。另外我還有一包香蕉買在這裏，請你到我房裏來一道吃罷！」

我替她拿住了紙包，她就開了門邀我進她的房裏去。共住了這十幾天，她好像已經信用我是一個忠厚的人的樣子。我見她初見我的時候臉上流露出來的那一種疑懼的形容完全沒有了。我進了她的房裏，才知道天還未暗，因爲她的房裏有一扇朝南的窗，太陽返射的光線從這窗裏投射進來，照見了小小的一間房，由二條板舖成的一張床，一張黑漆的半桌，一隻板箱，和一條圓凳。床上雖則沒有帳子，但堆著有二條潔淨的青布被褥。半桌上有一隻小洋鐵箱擺在那裏，大約是她的梳頭器具，洋鐵箱上已經有許多油污的點子了。她一邊把堆在圓凳上的幾件半舊的洋布棉襖，粗布褲等收在床上，一邊就讓我坐下。我看了她那殷勤待我的樣子，心裏倒不好意思起來，所以就對她說：

「我們本來住在一處，何必這樣的客氣。」

我說：

「我並不客氣，但是你每天當我回來的時候，總站起來讓我，我卻覺得對不起得很。」

這樣的說著，她就把一包香蕉打開來讓我吃。她自家也拿了一隻，在床上坐下，一邊吃一邊問

「你何以只住在家裏，不出去找點事情做做？」

「我原是這樣的想，但是找來找去總找不著事情。」

「你有朋友麼？」

「朋友是有的，但是到了這樣的時候，他們都不和我來往了。」

「你進過學堂麼？」

「我在外國的學堂裏曾經念過幾年書。」

「你家在什麼地方？何以不回家去？」

她問到了這裏，我忽而感覺到我自己的現狀了。因爲自去年以來，我只是一日一日的萎靡下去，差不多把「我是什麼人？」「我現在所處的是怎麼一種境遇？」「我的心裏還是悲還是喜？」這些觀念都忘掉了。經她這一問，我重新把半年來困苦的情形一層一層的想了出來。所以聽她的問話以後，我只是呆呆的看她，半晌說不出話來。她看了我這個樣子，以爲我也是一個無家可歸的流浪人。臉上就立時起了一種孤寂的表情，微微的嘆著說：

「唉！你也是同我一樣的麼？」

微微的嘆了一聲之後，她就不說話了。我看她的眼圈上有些潮紅起來，所以就想了一個另外的問題問她說：

「你在工廠裏做的是什麼工作？」

「是包紙煙的。」

「一天作幾個鐘頭工？」

「早晨七點鐘起，晚上六點鐘止，中午休息一個鐘頭，每天一共要作十個鐘頭的工。少作一點鐘就要扣錢的。」

「扣多少錢？」

「每月九塊錢，所以是三塊錢十天，三分大洋一個鐘頭。」

「飯錢多少？」

「四塊錢一月。」

「這樣算起來，每月一個鐘點也不休息，除了飯錢，可省下五塊錢來。夠你付房錢買衣服的麼？」

「哪裡夠呢！並且那管理人要……啊啊！我……我所以非常恨工廠的。你吸煙的麼？」

「吸的。」

「我勸你頂好還是不吃。就吸也不要去吸我們工廠的煙。我真恨死它在這裏。」

我看看她那一種切齒怨恨的樣子，就不願意再說下去。把手裏捏著的半個吃剩的香蕉咬了幾口，向四邊一看，覺得她的房裏也有些灰黑了，我站起來道了謝，就走回到了我自己的房裏。她大約作工倦了的緣故，每天回來大概是馬上就入睡的，只有這一晚上，她在房裏好像是直到半夜還沒有就寢。從這一回之後，她每天回來，總和我說幾句話。我從她自家的口裏聽得，知道她姓陳，名叫二妹，是蘇州東鄉人，從小係在上海鄉下長大的，她父親也是紙煙工廠的工人，但是去年秋天死了。她本來和她父親同住在那間房裏，每天同上工廠去的，現在卻只剩了她一個人了。她父親死後的一個多月，她早晨上工廠去也一路哭了去，晚上回來也一路哭了回來的。她今年十七歲，也無兄弟姊妹，也無近親的親戚。她父親死後的葬殮等事，是他於未死之前把十五塊錢交給樓下的老人，托這老人包辦的。她說：

「樓下的老人倒是一個好人，對我從來沒有起過壞心，所以我得同父親在日一樣的去作工，不過工廠的一個姓李的管理人卻壞得很，知道我父親死了，就天天的想戲弄我。」

她自家和她父親的身世，我差不多全知道了，但她母親是如何的一個人？死了呢還是活在哪裡？假使還活著，住在什麼地方？等等，她卻從來還沒有說及過。

三

天氣好像變了。幾日來我那獨有的世界，黑暗的小房裏的腐濁的空氣，同蒸籠裏的蒸氣一樣，蒸得人頭昏欲暈，我每年在春夏之交要發的神經衰弱的重症，遇了這樣的氣候，就要使我變成半狂。所以我這幾天來到了晚上，等馬路上人靜之後，也常常想出去散步去。一個人在馬路上從狹隘的深藍天空裏看看群星，慢慢的向前行走，一邊作些漫無涯涘的空想，倒是於我的身體很有利益。當這樣的無可奈何，春風沉醉的晚上，我每要在各處亂走，走到天將明的時候才回家裏。我這樣的走倦了回去就睡，一睡直可睡到第二天的日中，有幾次竟要睡到二妹下工回來的前後方才起來，睡眠一足，我的健康狀態也漸漸的回復起來了。平時只能消化半磅麵包的我的胃部，自從我的深夜遊行的練習開始之後，進步得幾乎能容納麵包一磅了。這事在經濟上雖則是一大打擊，但我的腦筋，受了這些滋養，似乎比從前稍能統一。我於遊行回來之後，就睡之前，卻做成了幾篇Allan Poe③式的短篇小說，自家看看，也不很壞。我改了幾次，抄了幾次，一一投郵寄出之後，心裏雖然起了些微細的希望，但是想想前幾回的譯稿的絕無消息，過了幾天，也便把它們忘了。

鄰住者的二妹，這幾天來，當她早晨出去上工的時候，我總在那裏酣睡，只有午後下工回來的時候，有幾次有見面的機會，但是不曉是什麼原因，我覺得她對我的態度，又回到從前初見面的時候的疑懼狀態去了。有時候她深深的看我一眼，她的黑晶晶，水汪汪的眼睛裏，似乎是滿含著責備我規勸我的意思。

我搬到這貧民窟裏住後，約莫已經有二十多天的樣子，一天午後我正點上蠟燭，在那裏看一本從舊書舖裏買來的小說的時候，二妹卻急急忙忙的走上樓來對我說：

「樓下有一個送信的在那裏，要你拿了印子去拿信。」

她對我講這話的時候，她的疑懼我的態度更表示得明顯，她好像在那裏說：「呵呵！你的事件是發覺了啊！」我對她這種態度，心裏非常痛恨，所以就氣急了一點，回答她說：

「我有什麼信？不是我的！」

她聽了我這氣憤憤的回答，更好像是得了勝利似的，臉上忽湧出了一種冷笑說：

「你自家去看罷！你的事情，只有你自家知道的！」

同時我聽見樓底下門口果真有一個郵差似的人在催著說：

「掛號信！」

我把信取來一看，心裏就突突的跳了幾跳，原來我前回寄去的一篇德文短篇的譯稿，已經在某雜誌上發表了，信中寄來的是五圓錢的一張匯票。我囊裏正是將空的時候，有了這五圓錢，非但月底要預付的來月的房金可以無憂，並且付過房金以後，還可以維持幾天食料，當時這五圓錢對我的效用的廣大，是誰也不能推想得出來的。

第二天午後，我上郵局去取了錢，在太陽曬著的大街上走了一會，忽而覺得身上就淋出了許多汗來。我向我前後左右的行人一看，復向我自家的身上一看，就不知不覺的把頭低俯了下去。我頸上頭上的汗珠，更同盛雨似的，一顆一顆的鑽出來了。因為當我在深夜遊行的時候，天上並沒有太陽，並且料峭的春寒，於東方微白的殘夜，老在靜寂的街巷中留著，所以我穿的那件破棉袍子，還覺得不十分與節季違異。如今到了陽和的春日曬著的這日中，我還不能自覺，依舊穿了這件夜遊的敝袍，在大街上闊步，與前後左右的和節季同時進行的我的同類一比，我哪得不自慚形穢呢？我一時竟忘了幾日後不得不付的房金，忘了囊中本來將盡的些微的積聚，便慢慢的走上了閘路的估衣鋪去。

好久不在天日之下行走的我，看看街上來往的汽車人力車，車中坐著的華美的少年男女，和馬路兩邊的綢緞鋪金銀鋪窗裏的豐麗的陳設，聽聽四面的同蜂衙似的嘈雜的人聲，腳步聲，車鈴聲，一時倒也覺得是身到了大羅天上的樣子。我忘記了我自家的存在，也想和我的同胞一樣的歡歌欣舞起來，我的嘴裏便不知不覺的唱起幾句久忘了的京調來了。這一時的涅槃幻境，當我想橫越過馬路，轉入閘路去的時候，忽而被一陣鈴聲驚破了。我抬起頭來一看，我的面前正衝來了一乘無軌電車，車頭上站著的那肥胖的機器手，伏出了半身，怒目的大聲罵我說：

「豬頭三！儂（你）艾（眼）睛勿散（生）咯！跌殺時，叫旺（黃）夠（狗）來抵儂（你）命噢！」

我呆呆的站住了腳，目送那無軌電車尾後捲起了一道灰塵，向北過去之後，不知是從何處發出來的感情，忽而竟禁不住哈哈哈哈的笑了幾聲。等得四面的人注視我的時候，我才紅了臉慢慢的走向了閘路裏去。

我在幾家估衣鋪裏，問了些夾衫的價線，還了他們一個我所能出的數目，幾個估衣鋪的店員，好像是一個師父教出的樣子，都擺下了臉面，嘲弄著說：

「儂（你）尋薩咯（什麼）凱（開心）！馬（買）勿起好勿要馬（買）咯！」

一直問到五馬路邊上的一家小舖子裏，我看看夾衫是怎麼也買不成了，才買定了一件竹布單衫，馬上就把它換上。手裏拿了一包換下的棉袍子，默默的走回家來。一邊我心裏卻在打算：

「橫豎是不夠用了，我索性來痛快的用它一下罷。」同時我又想起了那天二妹送我的麵包香蕉等物。不等第二次的回想，我就尋著了一家賣糖食的店，進去買了一塊錢巧格力，香蕉糖，雞蛋糕等雜食。站在那店裏，等店員在那裏替我包好來的時候，我忽而想起我有一月多不洗澡了，今天不如順便也去洗一個澡罷。

洗好了澡，拿了一包棉袍子和一包糖食，回到鄧脫路的時候，馬路兩旁的店家，已經上電燈了。街上來往的行人也很稀少，一陣從黃浦江上吹來的日暮的涼風，吹得我打了幾個冷痙。我回到了我的房裏，把蠟燭點上。向二妹的房門一照，知道她還沒有回來。那時候我腹中雖則饑餓得很，但我剛買來的那包糖食怎麼也不願意打開來。因爲我想等二妹回來同她一道吃。我一邊拿出書來看，一邊口裏盡在咽唾液下去。等了許多時候，二妹終不回來，我的疲倦不知什麼時候出來戰勝了我，就靠在書堆上睡著了。

四

二妹回來的響動把我驚醒的時候，我見我面前的一枝十二盎司一包的洋蠟燭已經點去了二寸的樣子，我問她是什麼時候了？她說：

「十點的汽笛剛剛放過。」

「你何以今天回來得這樣遲？」

「廠裏因爲銷路大了，要我們作夜工。工錢是增加的，不過人太累了。」

「那你可以不去做的。」

「但是工人不夠，不做是不行的。」

她講到這裏，忽而滾了兩粒眼淚出來，我以爲她是作工作得倦了，故而動了傷感，一邊心裏雖在可憐她，但一邊看她這同小孩似的脾氣，卻也感著了些兒快樂。把糖食包打開，請她吃了幾顆之後，我就勸她說：

「初作夜工的時候不慣，所以覺得睏倦，作慣了以後，也沒有什麼的。」

她默默的坐在我的半高的由書疊成的桌上，吃了幾顆巧格力，對我看了幾眼，好像是有話說不出來的樣子。我就催她說：

「你有什麼話說？」

她又沉默了一會，便斷斷續續的問我說：

「我……我……早想問你了，這幾天晚上，你每晚在外邊，可在與壞人作夥友麼？」

我聽了她這話，倒吃了一驚，她好像在疑我天天晚上在外面與小竊惡棍混在一塊。她看我呆了不答，便以為我的行為真的被她看破了，所以就柔柔和和的連續著說：

「你何苦要吃這樣好的東西，要穿這樣好的衣服。你可知道這事情是靠不住的。萬一被人家捉了去，你還有什麼面目做人。過去的事情不必去說它，以後我請你改過了罷。……」

我盡是張大了眼睛張大了嘴呆呆的在看她，因為她的思想太奇突了，使我無從辯解起。她沉默了數秒鐘，又接著說：

「就以你吸的煙而論，每天若戒絕了不吸，豈不可省幾個銅子。我早就勸你不要吸煙，尤其是不要吸那我所痛恨的N工廠的煙，你總是不聽。」

她講到了這裏，又忽而落了幾滴眼淚。我知道這是她為怨恨N工廠而滴的眼淚，但我的心裏，怎麼也不許我這樣的想，我總要把它們當作因規勸我而灑的。

我靜靜兒的想了一會，等她的神經鎮靜下去之後，就把昨天的那封掛號信的來由說給她聽，又把今天的取錢買物的事情說了一遍。最後更將我的神經衰弱症和每晚何以必要出去散步的原因說了。她聽了我這一番辯解，就信用了我，等我說完之後，她頰上忽而起了兩點紅暈，把眼睛低下去看看桌上，好像是怕羞似的說：

「噢，我錯怪你了，我錯怪你了。請你不要多心，我本來是沒有歹意的。因為你的行為太奇怪了，所以我想到了邪路裏去。你若能好好兒的用功，豈不是很好麼？你剛才說的那——叫什麼的——東西，能夠賣五塊錢，要是每天能做一個，多麼好呢？」

我看了她這種單純的態度，心裏忽而起了一種不可思議的感情，我想把兩隻手伸出去擁抱她一回，但是我的理性卻命令我說：

「你莫再作孽了！你可知道你現在處的是什麼境遇，你想把這純潔的處女毒殺了麼？惡魔，惡魔，你現在是沒有愛人的資格的呀！」

我當那種感情起來的時候，曾把眼睛閉上了幾秒鐘，等聽了理性的命令以後，我的眼睛又開了開來，我覺得我的周圍，忽而比前幾秒鐘更光明了。對她微微的笑了一笑，我就催她說：

「夜也深了，你該去睡了吧！明天你還要上工去的呢！我從今天起，就答應你把紙煙戒下來吧。」

她聽了我這話，就站了起來，很喜歡的回到她的房裏去睡了。

她去之後，我又換上一枝洋蠟燭，靜靜兒的想了許多事情：

「我的勞動的結果，第一次得來的這五塊錢已經用去了三塊了。連我原有的一塊多錢合起來，付房錢之後，只能省下二三角小洋來，如何是好呢！

「就把這破棉袍子去當吧！但是當舖裏恐怕不要。

「這女孩子真是可憐，但我現在的境遇，可是還趕她不上，她是不想做工而工作要強迫她做，我是想找一點工作，終於找不到。

就去作筋肉的勞動吧！啊啊，但是我這一雙弱腕，怕吃不下一部黃包車的重力。

「自殺！我有勇氣，早就幹了。現在還能想到這兩個字，足證我的志氣還沒有完全消磨盡哩！

「哈哈哈哈！今天的那無軌電車的機器手！他罵我什麼來？

「黃狗，黃狗倒是一個好名詞，……」

「…………」

我想了許多零亂斷續的思想，終究沒有一個好法子，可以救我出目下的窮狀來。聽見工廠的汽笛，好像在報十二點鐘了，我就站了起來，換上了白天那件破棉袍子，仍復吹熄了蠟燭，走出外面去散步去。

貧民窟裏的人已經睡眠靜了。對面日新里的一排臨鄧脫路的洋樓裏，還有幾家點著了紅綠的電燈，在那裏彈罷拉拉衣加。一聲二聲清脆的歌音，帶著哀調，從靜寂的深夜的冷空氣裏傳到我的耳膜上來，這大約是俄國的飄泊的少女，在那裏賣錢的歌唱。天上罩滿了灰白的薄雲，同腐爛的屍體似的沉沉的蓋在那裏。雲層破處也能看得出一點兩點星來，但星的近處，黝黝看得出來的天色，好像有無限的哀愁蘊藏著的樣子。

一九二三年七月十五日

注釋

①本篇最初發表於一九二四年二月二十八日《創造》季刊第二卷第二期。

②英文，意為黃種人的寒士街。寒士街係倫敦的一條街名。

③愛倫・坡（1809-1849），美國小說家。

落日①

一

太陽就快下山去了。初秋的晴空，好像處女的眼睛，愈看愈覺得高遠而澄明。立在這一處摩天的W公司的屋頂上，前後左右看得出來的同巴諾拉馬似的上海全市的煙景，溶解在金黃色的殘陽光裏。若向腳底下馬路上望去，可看見許多同蟲蟻似的人類，車馬，簇在十字路口蠕動。斷斷續續傳過來的一陣市廛的囂聲，和微微拂上面來的涼風，不曉是什麼緣故，總覺得帶有使人落淚的一種哀意。

他們兩個──Y和C──離開了嘈雜的人叢，獨站在屋頂上最高的一層，在那裏細嘗這初秋日暮的悲涼情味。因爲這一層上沒有什麼娛樂的設備，所以遊人很少。有時雖有幾個男女，從下層走上他們的身邊來，然而看看他們是不易移動的樣子，就對他們丟一眼奇異的眼光，走開去了，他們卻落得清閒自在。

他們兩人站在那裏聽從下一層的遊戲場裏傳過來的煞尾的中國樂器聲，和聽眾的哄笑聲，更使他們覺得落寞難堪。半年來因失業的結果，爲貧病所迫，臉面上時常帶著愁容的Y，當這初秋的日暮，站在這樣的高處，呆呆的向四邊的煙景望著，早已起了身世之悲，眼睛裏包著一泓清淚，有話說不出來了。站在Y的右邊的那少年C，因爲暑假期滿，幾點鐘後不得不離上海，乘海船赴N地的中學校去念書，桃紅的雙頰，受著微風，晶潤的眼睛，望著遠處，胸中也覺得有無限的悲哀，在那裏振盪。

他們默默地立了一會，C忽而走近來捏了Y的手說：

「我們下去罷，若再站一忽，我覺得好像腦子要破裂的樣子。」

Y朝轉來向C一看，看見C的一雙水盈盈的眼睛，含了哀懇的表情，在那裏看他。他忽然覺得C臉上表現出來的那一種少年的悲哀，無限的可愛，向C的臉上摸了一摸，便把C的身體緊緊的抱住了。

二

C的哥哥，與Y是上下年紀。他（C的哥哥）去年夏天將上美國去的時候，Y正從日本回來。那時候C和他哥哥的居所，去Y的寓舍，不過幾步路，所以Y和C及C的哥哥，時常往來。C自從見了Y以後，不知不覺的受了許多Y的感化。後來他哥哥上了赴美國的船，他也考入了N地的C中學，要和Y分別的時候，卻獨自一個灑了許多眼淚。Y以爲他是小孩子脾氣，在怕孤寂，所以臨別的時候，說了許多安慰他的話。C聽了Y的叮囑，反而更覺得傷痛了，竟拉了Y的衣裳，大哭了一場，方才分開。

C去N地後，Y也上A地去教了半年書。去年年底，Y因被一個想謀校長做的同事嫉妒不過，便辭了職，到上海來閑住。他住在上海，一直到今年暑假，終找不著適當的職業。

這一回Y住的是上海貧民窟的一間同鼠穴似的屋頂房間。有一天夏天的早晨他正躺在床上在那裏打算「今天的一天怎麼過去?」的大問題的時候，C忽而闖進了他的房來。Y好像當急處遇了救一樣，急忙起來穿了破舊的衣服，和C跑來跑去跑了一天，原來C是放暑假回來了。

三

「無聊的白晝，應該如何的消磨?」對於現在無職業的Y，這卻是一個天大的問題。當去年年底，他初來上海的時候，他的從A地收來的薪金，還沒有用盡，所以他只是出了金錢來慰他的無聊。一天到晚，在頭等電車上，面上裝了好像很忙的樣子，實際上卻一點事情也沒有，他盡伏在電車頭上的玻璃窗裏隨電車跑來跑去的跑，在那裏看如流水似的往後退去的兩旁的街市；有時候看街市看得厭煩了，他就把目光轉到同座的西洋女子或中國女子的腰上，肩上，胸部，後部，腳肚，腳尖上去。過了幾天，他覺得幾個電車上的賣票者和查票者，都記熟了他的面貌；他上車時，他們老對他放奇異的眼光，因此他就不敢再坐電車了，改坐了人力車。實際上那些查票賣票者，何嘗認得他，不過他的病的神經起了作用，在那裏自家驚恐而已。

後來他坐了幾天人力車，有幾次無緣無故的跑上火車站上去，好像是去送人的樣子。有時在半夜裏他每雇了人力車跑上黃浦灘的各輪船公司的碼頭上，走上燈火輝煌，旅人嘈雜的將離岸的船上去。又過了幾天，他的過敏的神經，怕人力車夫也認得他了，所以他索性不坐車子，慢慢的步行起來。他在心裏，替他自己的行動取了幾個好名稱，前者叫做走馬看花，後者叫做徒步旅行。徒步旅行，以旅行的地段作標準時，可分作市內旅行，郊外旅行的兩種。以旅行時的狀態作標準時，可分作無事忙行，吃食旅行的兩種。無事忙行便是一點事情也沒有，爲欺騙路上同行者的緣故，故意裝出一種好像很忙的樣子來的旅行。吃食旅行，便是當晚上大家睡盡之後的街上，或當白天在僻靜的地方，袋裏藏些牛奶糖，花生糖，橘子之類，一邊吃一邊緩步的旅行。

時間一天一天的過去，他的床頭的金錢漸漸的少了下去，身邊值錢的物事也一件一件的不見了。於是他的徒步旅行，也改變了時間和地點。白天熱鬧的馬路兩旁的樣子間，他不敢再去一間一間的看了，因爲正當他在看的一瞬間，心裏若感得有一個人的眼光在疑他作小盜竊賊，或看破他是一點兒事情也沒有的時候，他總要挺著了胸肚，進到店裏去買些物事提在手裏，才能放心，所以沒錢的時候，去看樣子間是很危險的。有一次他在馬路上走來走去的走了幾回，一個香煙店裏的夥友，偶然對他看了一眼，他就跑進了那家店裏，去買了許多他本來不愛吸的雪茄煙捲。從A地回到上海，過了兩個月之後，他的錢已用完，因而他的徒步旅行，白天就在僻靜的地方舉行，晚上必等大家睡靜的時候，方敢上馬路上去。

半年以來，他的消磨時間的方法，已經一個一個的試完了，所以到了今年夏天，身邊的金錢什器已經用盡，他每天早晨醒來，胸中打算最苦的，就是「今天的一天，如何消磨過去？」的問題。

四

那一天早晨，他正躺在床上在打算的時候，年輕的C忽而闖進了他的房裏，他覺得非常快樂，因爲久別重逢的C一來，非但那一天的時間可以混過去，就是有許多朋友的消息，也可以從C口裏探聽出來。他自到上海以後，便同失蹤的人一樣，他的朋友也不知他住在什麼地方，他自己也懶得寫信，所以「C的哥哥近來怎麼樣了？在N地的C中學裏的他的幾個同學和同鄉怎麼樣了？」的這些消息，都是他很想知道而無從知道的事情。當他去典賣一點值錢的物事，得到幾個錢的時候，他便忙著去試他的「走馬看花」和「徒步旅行」，沒有工夫想到這些朋友故舊的身上去。當錢用完後，他雖想著這些個個在拚命奮鬥的朋友，但因爲沒有錢買信紙信封和郵票的緣故，也只能憑空想想，而不能寫信。他現在看見了C，一邊起來穿衣，一邊就「某某怎麼樣了？某某怎麼樣了？」的問個不住。他穿完了衣服，C就急著催他出去，因爲他的那間火柴箱式的房間裏，沒有椅子可以坐，四邊壁上只疊著許多賣不出去的西洋書籍，房間裏充塞了一房的由舊書裏蒸發出來的腐臭氣，使人難耐。

這一天是六月初旬的一天晴熱的日子，瘦弱的Y，和C走上馬路的時候，見了白熱的陽光，忽而眼睛眩暈了起來，就跌倒在地上。C慢慢的扶他起來，等他回復了常態，仍復向前進行的時候，就問他說：「你何以會衰弱到這個地步？」

Y在嘴唇上露了一痕微笑，只是搖頭不答。C從他那間房子裏的情形和他的同髑髏似的面貌上看來，早已曉得他是營養不良了，但又恐惹起他的悲感，不好直說；所以兩人走了一段，走到三叉路口的時候，C就起了一個心願，想請Y飽吃一次，因即站住了腳，對他說：

「Y君，我剛從學校裏回來，家裏寄給我的旅費還沒有用完，今天我請你去吃飯，吃完飯之後，請你去聽戲，我們來大大的享樂它一下罷！」

Y對C呆看了一會，青黃的臉上，忽而起了一層紅暈。因為他平常有錢的時候，最愛瞎花，對於他所愛的朋友，尤其是喜歡使他們快樂。現在他黃金用盡，倒反而不得不受這一個小朋友的供養了，而且這小朋友的家裏也是不甚豐厚，手頭的錢也是不甚多的。他遲疑了一會，要想答應，終於不忍，呆呆的立了三四分鐘，他才很決絕的說：

「好好，讓我們享樂一天罷！但是我還有一件衣服要送還朋友，忘記在家裏，請你在這裏等我一等，我去拿了來。」

五

Y把C剩在三叉路口的步道樹蔭下，自己便急急的趕回到房間裏，把他家裏新近寄來的三件夏衣，拿上附近的一家他常進出的店裏去抵押了幾塊錢，仍復跑回到C立著的地方來。他臉上流出了一臉的油汗，一邊急急的喘氣，一邊對C說：

「對不起，對不起，累你等了這麼長久。」

Y和C先坐電車到P園去逛了幾點鐘，就上園裏的酒樓吃了兩瓶啤酒，一瓶汽水，和幾碗菜飯。Y吃了個醉飽，立時恢復了他的元氣，講了許多牢騷不平的話，給正同新開眼的雞雛一樣，不知道世間社會究竟如何的C聽。C雖聽不懂Y的話，但看看Y的一時青一時紅的憤激的臉色，紅潤的雙眼，和故意裝出來的反抗的高笑，也便沉鬱了下去。

Y發完了牢騷，一個人走上視窗去立了一忽，不聲不響的用手向他的眼睛上指了一指，便默默的對窗外的陽光，被陽光曬著的花木，和遠遠在那裏返射日光的屋瓦江流，起了一種咒詛的念頭。一瞬間後，吹來了幾陣涼風，他的這種咒詛的心情也沒有了，他的心境就完全成了虛白。又過了幾分鐘，他回復了自覺，回復了他平時的態度。他覺得奮鬥已經過去了，就回到他的座上來。C還是瞪著了盈盈的兩眼，俯了首呆在那裏，Y一見C的這種少年的沉鬱的樣子，心裏倒覺得難過起來，便很柔和的叫他說：

「C！你爲什麼這樣的呆在這裏？我錯了，我不該對你講那些無聊的話的，我們下樓去罷！去看戲罷！」

Y付了酒飯錢，走下樓來，卻好園外來了一乘電車，他們就趕上K舞臺去聽戲去。

六

這一天是禮拜六，戲園裏人擠得很，Y和C不得已只能買了兩張最貴的票子，從人叢中挨上前去。日戲開場已久，Y和C在座上坐定之後，向四圍一看，前後左右，都是些穿著輕軟的衣服的貴公子和富家的妻女。Y心裏頓時起了一種被威脅的恐懼，好像是闖入了不該來的地方的樣子。慢慢把神經按捺了下去，向舞臺注視了幾分鐘，Y只覺得一種枯寂的感情，連續的逼上心來：

「啊啊！在這茫茫的人海中間，哪一個人是我的知己？哪一個人是我的保護者？我的左右前後，雖有這許多年青的男女坐著，但他們都是和我沒有關係的，我只覺得置身在浩蕩的沙漠裏！」

舞臺上嘹亮的琴弦響了，銅鑼大鼓的噪音，一時平靜了下去，他集中了注意力向舞臺上一看，只見劉璋站在孤城上發浩嘆，他唱完了一聲哀婉的尾聲便把袖子舉向眼睛上揩去，Y不知不覺地也無聲的滾下了兩粒眼淚來。聽完了《取成都》，Y覺得四面空氣壓迫得厲害，聽戲非但不能使他心緒開暢，愈聽反愈增加了他的傷感，所以他就促C跑出戲園來。萬事都很柔順的C與一般少年不同，對戲劇也無特別的戀念，便也跟了Y走出來了。

這一天晚上，他們逛逛吃吃，到深夜一點鐘的時候，才分開了手，C回到他的朋友那裏去宿，Y一個人慢慢的摸到他那間同鳥籠似的房裏去。

七

C的故鄉是在黃浦江的東岸，他自從那一晚上和Y分別後，第二天就回故鄉去住了兩個月。在這兩個月中間，Y因爲身體不好，他的徒步旅程，一天一天的短縮起來，並且旅行的時間，也大抵限於深夜二點鐘以後了。

昨天的早晨，C一早就跑上Y的室裏來說：

「你還睡著麼？你睡罷！暑假期滿了我今天自故鄉來。打算明天上船到N地去。」

Y糊糊塗塗的和C問答了幾句，便又睡著，直到第二次醒來的時候，Y方認清C坐在他的床沿上，在那裏守著他睡覺。Y張開眼來一看，看見了C的笑容，心裏就立刻起了一種感謝和愛欲的心思。在床上坐起，向C的肩上拍了幾下，他就同見了親人一樣，覺得一種熱意，怎麼也不能對C表現出來。

Y自去年年底失業以來，與他的朋友，雖則漸漸的疏遠了，但他的心裏，卻在希望有幾個朋友來慰他的孤寂的。後來經幾次接觸的結果，他才曉得與社會上稍微成功一點的朋友相處，這朋友對他總有些防備的樣子，同時他不得不感到一種反感；其次與途窮失業的朋友相處，則這朋友的悲感和他自家的悲感，老要溶合在一起，反使他們各人各感到加倍的悲哀。因此他索性退守在愁城的一隅，不復想與外界相往來了。與這一種難以慰撫的寂寞心境最適宜的是這一個還帶著幾分孩童氣味的C。C對他既沒有戒嚴的備心，又沒有那一種與他共通的落魄的悲懷，所以Y與C相處的時候，只覺得是在別一個世界裏。並且C這小孩也有一種怪脾氣，對Y直如馴犬一樣，每有戀戀不忍捨去的樣子。

昨天早晨Y起來穿衣洗面之後，便又同C出去上吳淞海岸去逛了一天。午後回到上海來，更在遊戲場裏消磨了半夜光陰，後來在歧路上將分手的時候，C又約Y說：

「我明天一早再來看你罷？」

八

太陽離西方的地平線沒有幾尺了。從W公司屋頂上看下來的上海全市的煙景，又變了顏色。各處起了一陣淡紫的煙霞，織成了輕羅，把這穢濁的都市遮蓋得縹渺可愛。在屋頂上最後的殘陽光裏站著的Y和C，還是各懷著了不同的悲感，在那裏凝望遠處。高空落下了微風，吹透了他們的稀薄的單衫，刺入他們的心裏去。

「啊啊！已經是秋天了！」

他們兩人同時感得了這一種感覺。又默默立了一會，C看看那大輪的赤日，斂了光輝，正將落入地下去的時候，忽而將身子投靠在Y的懷裏，緊緊的把Y的手捏住，並且發著顫動幽戚的聲音說：

「我……我這一次去後，不曉得什麼時候再能和你同遊！你……你年假時候，還在上海麼？」

Y靜默了幾秒鐘，方拖著了沉重的尾聲，同輕輕敲打以布蒙著的大鼓似的說：

「我身體不好，你再來上海的時候，又哪裡知道我還健在不健在呢？」

「這樣我今天不走了，再和你玩一天去。」

「再玩十天也是一樣，舊書上有一句話你曉得麼？叫『世間哪有不散的筵席』，我們人類對於運命的定數，終究是抵抗不過的呀！」

C的雙眼忽而紅潤起來了，他把頭抵在Y的懷裏，索性同不聽話的頑皮孩子似的連聲叫著說：

「我不去了，我不去了，我怎麼也不去了，……」

Y輕輕撫摸著他的肩背，也發了顫聲安慰他說：

「你上船去罷！今天不是已經和我多玩了幾個鐘頭了麼？要是沒有那些貨裝，午後三點鐘，你的船早已開走了。……我們下去罷！吃一點點心，我好送你上船，現在已經快七點半了。」

C還硬是不肯下去，Y說了許多勸勉他的話，他們才慢慢的走下了W公司屋頂的最高層。

黃昏的黑影，已經從角頭角腦爬了出來，他們兩人慢慢的走下扶梯之後，這一層屋頂上只瀰漫著一片寂靜。天風落處，吹起了一陣細碎的灰塵。屋頂下的市廛的雜噪聲，被風搬到這樣的高處，也帶起幽咽的色調來，在杳無人影的屋頂上盤旋。太陽的餘輝，也完全消失了，灰暗的空氣裏，只有幾排電燈在那裏照耀空處，這正是白天與暗夜交界的時候。

一九二三年九月十日上海

注釋

①本篇最初發表於一九二三年九月十六日《創造週報》第十九號。

離散之前①

一

戶外的蕭索的秋雨，愈下愈大了。簷漏的滴聲，好像送葬者的眼淚，盡在嗒啦嗒啦的滴。壁上的掛鐘在一刻前，雖已經敲了九下，但這間一樓一底的屋內的空氣，還同黎明時一樣，黝黑得悶人。時有一陣涼風吹來；後面窗外的一株梧桐樹，被風搖撼，就漸漸瀝瀝的振下一陣枝上積雨的水滴來。

本來是不大的樓下的前室裏，因爲中間亂堆了幾隻木箱子，愈加覺得狹小了。正當中的一張圓桌上也縱橫排列了許多書籍，破新聞紙之類，在那裏等待主人的整理。丁零零，後面的門鈴一響，一個二十七八歲的非常消瘦的青年，走到這亂堆著行裝的前室裏來了。跟在他後面的一個三十內外的娘姨（女傭），一面倒茶，一面對他說：

「他們在樓上整理行李。」

那青年對她含了悲寂的微笑，點了一點頭，就把一件雨衣脫下來，掛在壁上，且從木箱堆裏，拿了一張可以折疊的椅子出來，放開坐了。娘姨回到後面廚房去之後，他呆呆的對那些木箱書籍看了一看，眼睛忽而紅潤了起來。輕輕的咯了一陣，他額上漲出了一條青筋，頰上湧現了兩處紅暈，從袋裏拿出一塊白手帕子來向嘴上揩了一揩，他又默默的坐了三五分鐘。最後他拿出一枝紙煙來吸的時候，同時便面朝著二樓上叫了兩聲：

「海如！海如！鄺！鄺！」

銅銅銅銅的中間扶梯上響了一下，兩個穿日本衣服的小孩，跑下來了，他們還沒有走下扶梯，口中就用日本話高聲叫著說：

「于伯伯！于伯伯！」

海如穿了一件玄色的作業服，慢慢跟在他的兩個小孩的後面。兩個小孩走近了姓于的青年坐著的地方，就各跳上他的腿上去坐，一個小一點的弟弟，用了不完全的日本話對姓于的說：

「爸爸和媽媽要回到很遠很遠的地方——去。」

海如也在木箱堆裏拿出一張椅子來，坐定之後，就問姓于的說：

「質夫，你究竟上北京去呢，還是回浙江？」

于質夫兩手抱著兩個小孩舉起頭來回答說：

「北京糟得這個樣子，便去也沒有什麼法子好想，我仍復決定了回浙江去。」

說著，他又咳了幾聲。

「季生上你那裏去了麼？」

海如又問他說。

質夫搖了一搖頭，回答說：

「沒有，他說上什麼地方去的？」

「他出去的時候，我托他去找你同到此地來吃中飯的。」

「我的同病者上哪裡去了？」

「斯敬是和季生一塊兒出去的。季生若不上你那裏去，大約是替斯敬去尋房子去了吧！」

海如說到這裏，他的從日本帶來的夫人，手裏抱了一個未滿周歲的小孩，也走下了樓，參加入了他們的談話的團體之中。她看見兩個大小孩都擠在質夫身上，便厲聲的向大一點的叱者說：

「倍孃，還不走開！」

把手裏抱著的小孩交給了海如，她又對質夫說：

「剩下的日子，沒有幾日了，你也決定了麼？」

「噯噯，我已經決定了回浙江去。」

「起行的日子已經決定之後，反而是想大家更在一塊多住幾日的吶！」

「可不是麼，我們此後，總是會少離多。你們到了四川，大概是不會再出來了。我的病，經過冬天，又不知要起如何的變化。」

「你倒還好，霍君的病，比你更厲害哩，曾君為他去尋房子去了，不曉得尋得著尋不著？」

質夫和海如的夫人用了日本話在談這些話的時候，海如抱了小孩，盡瞪著兩眼，在向戶外的雨絲呆看。

「啓行的時候，要天晴才好哩！你們比不得我，這條路長得很呀！」

質夫又對鄺夫人說。

夫人眼看看戶外的雨腳，也拖了長聲說：

「啊啊！這個雨真使人不耐煩！」

後門的門鈴又響了，大家的視線，注視到從後面走到他們坐著的前室裏來的戶口去。走進來的是一個穿洋服的面色黝黑的紳士和一個背脊略駝的近視眼的穿羅罷須軋的青年。後者的面色消瘦青黃，一望而知爲病人。見他們兩個進來了，海如就問說：

「你們尋著了房子沒有？」

他們同時回答說：

「尋著了！」

「尋著了！」

原來穿洋服的是曾季生，穿羅罷須軋的是霍斯敬。霍斯敬是從家裏出來，想到日本去的，但在上海染了病，把路費用完，寄住在曾季生、鄺海如的這間一樓一底的房子裏。現在曾鄺兩人受了壓迫，不得不走了，所以寄住的霍斯敬，也就不得不另尋房子搬家。于質夫雖在另外的一個地方住，但他的住處，比曾鄺兩人的還要可憐，並且他和曾鄺處於同一境遇之下，這一次的被迫，他雖說病重，要回家去養病，實際上他和曾鄺都有說不出的悲憤在心的。

二

曾、鄺、于，都是在日本留學時候的先後的同學。三人的特性家境，雖則各不相同，然而他們的好義輕財，傾心文藝的性質，卻彼此都是一樣，因為他們所受的教育，比別人深了一點，所以他們對於世故人情，全不通曉。用了虛偽卑劣的手段，在社會上占得優勝的同時代者，他們都痛嫉如仇。因此，他們所發的言論，就不得不動輒受人的攻擊。一、二年來，他們用了死力，振臂狂呼，想挽回頹風於萬一，然而社會上的勢利，真如草上之風，他們的拚命的奮鬥的結果，不值得有錢有勢的人一拳打。他們的雜誌著作的發行者，起初是因他們有些可取的地方，所以請他們來，但看到了他們的去路已經塞盡，別無方法好想了，就也待他們苛刻起來。起先是供他們以零用，供他們以衣食住的，後來用了釜底抽薪的法子，把零用去了，衣食去了，現在連住的地方也生問題了。原來這一位發行業者的故鄉，大旱大水的荒了兩年，所以有一大批他的同鄉來靠他為活。他平生是以孟嘗君自命的人，自然要把曾、鄺、于的三人和他的同鄉的許多農工小吏，同排在食客之列，一視同仁的待遇他們。然而一個書籍發行業的收入，究竟有限，而荒年鄉民的來投者漫無涯際。所以曾、鄺、于三人的供給，就不得不一日一日的減縮下去。他們三人受了衣食住的節縮，身體都漸漸的衰弱起來了。到了無可奈何的現在，他們只好各往各的故鄉奔。曾是湖南，鄺是四川，于是浙江。

正當他們被逼得無可奈何想奔回故鄉去的這時候，卻來了一個他們的後輩霍斯敬。斯敬的家裏，一貧如洗。這一回，他自東京回國來過暑假。半月前暑假期滿出來再赴日本的時候，他把家裏所有的財產全部賣了，只得了六十塊錢作東渡的旅費。一個賣不了的年老的寡母，他把她寄在親戚家裏。偏是窮苦的人運氣不好，斯敬到上海——他是于質夫的同鄉——染了感冒，變成了肺尖加答兒。他的六十塊錢的旅費，不消幾日就用完了，曾、鄺、于與他同病相憐，四、五日前因他在醫院裏用費浩大，所以就請他上那間一樓一底的屋裏去同住。

然而曾、鄺、于三人，爲自家的生命計，都決定一同離開上海，動身已經有日期了。所以依他們爲活，而又無家可歸的霍斯敬，在他們啓行之前，便不得不上別處去找一間房子來養病。

三

曾、鄺、于、霍四個人和鄺的夫人小孩們，在那間屋裏吃了午膳之後，雨還是落個不住。于質夫因爲天氣冷了，身上沒有夾襖夾衣，所以就走出了那間一樓一底的屋，冒雨回到他住的那發行業者的堆棧裏來，想睡到棉被裏去取熱。這堆棧正同難民的避難所一樣，近來住滿了那發行業者的同鄉。于質夫因爲怕與那許多人見面談話，所以一到堆棧，就從書堆裏幽腳幽手的摸上了樓，脫了雨衣，倒在被窩裏睡了。他的上床，本只爲躺在棉被裏取熱的緣故，所以雖躺在被裏，也終不能睡著。眼睛看著了屋頂，耳朵聽聽窗外的秋雨，他的心裏，盡在一陣陣的酸上來。他的思想，就飛來飛去的在空中飛舞：

「我的養在故鄉的小孩！現在你該長得大些了吧。我的寄住在岳家的女人，你不在恨我麼？啊啊，真不願意回到故鄉去！但是這樣的被人虐待，餓死在上海，也是不值得的。……」

風加緊了，灰膩的玻璃窗上橫飄了一陣雨過來，質夫對窗上看了一眼，嘆了一口氣，仍復在繼續他的默想：

「可憐的海如，你的兒子妻子如何的養呢？可憐的季生、斯敬，你們連兒女妻了都沒有！啊啊！兼有你們兩種可憐的，仍復是我自己。全家都在秋風裏，九月衣裳未剪裁……茫茫來日愁如海，寄語羲和快著鞭。……啊啊，黃仲則當時，還有一個畢秋帆，現在連半個畢秋帆也沒有了！……今日愛才非昔日，莫拋心力作詞人。……我去教書去吧！然而……教書的時候，也要卑鄙齷齪的去結成一黨才行。我去拉車去吧！啊啊，這一雙手，這一雙只剩了一層皮一層骨頭的手，哪裡還拉得動呢？……咳咳，……咳咳，……咳咳咳咳嗳嚇……」

他咳了一陣，頭腦倒空了一空，幾秒鐘後，他聽見樓下有幾個人在說：

「樓上的那位于先生，怎麼還不走？他走了，我們也好寬敞些！」

他聽了這一句話，一個人的臉上紅了起來。樓下講話的幾個發行業者的親戚，好像以為他還沒有回來，所以在那裏直吐心腹。又誰知不幸的他，卻巧聽見了這幾句私語。他想作掩耳盜鈴之計，想避去這一種公然的侮辱，只好裝了自己是不在樓上的樣子。可憐他現在喉嚨頭雖則癢得非常，卻不得不死勁的忍住不咳出來了。忍了幾分鐘，一次一次的咳嗽，都被他壓了下去。然而最後一陣咳嗽，無論如何，是壓不下去了，反而同防水堤潰決了一樣，他的屢次被壓下去的咳嗽，一時發了出來。他大咳一場之後，面漲得通紅，身體也覺得倦了。張著眼睛躺了一忽，他就沉沉的沒入了睡鄉。啊啊！這一次的入睡，他若是不再醒轉來，那是何等的幸福呀！

四

第二天的早晨，秋雨晴了。雨後的天空，更加藍得可愛，修整的馬路上，被夜來的雨洗淨了泥沙，雖則空中有嗚嗚的涼風吹著，地上卻不飛起塵沙來。大約是午前十點鐘光景，于質夫穿了一件夏布長衫，在馬路上走向鄺海如的地方去吃飯去。因爲他住的堆棧裏，平時不煮飯，大家餓了，就弄點麥食吃去。于質夫自小就嬌養慣的，麥食怎麼也吃不來。他的病，大半是因爲這有一頓無一頓的飲食上來的，所以他寧願跑幾里路——他坐電車的錢也沒有了——上鄺海如那裏去吃飯。並且鄺與曾幾日內就要走了，三人的聚首，以後也不見得再有機會，因此于質夫更想時刻不離開他們。

于質夫慢慢的走到了靜安寺近邊的鄺曾同住的地方，看見後門口有一乘黃包車停著。質夫閅進了後門，走上堂前去的時候，只見鄺曾和鄺夫人都呆呆的立在那裏。兩個小孩也不聲不響的立在他們媽媽的邊上。質夫闖進了這一幕靜默的啞劇裏與他們招呼了一招呼，也默默的呆住了。過了幾分鐘，樓上撲通撲通的霍斯敬提了一個藤篋走了下來。他走到了四人立著的地方，把藤篋擺了一擺，灰灰頹頹的對鄺、曾等三人說：

「對不起，攪擾了你們許多天數，你們上船的時候，我再來送。分散之前，我們還要聚談幾回吧！」

說著把他的那雙近視眼更瞅了一瞅，回轉來向質夫說：

「你總還沒有走吧！」

質夫含含糊糊的回答說：

「我什麼時候都可以走的。大家走完了，我一個人還住在上海幹什麼？大約送他們上船之後，我就回去的。」

質夫說著用臉向鄺曾一指。

霍斯敬說了一聲「失敬」，就俯了首慢慢的走上後門邊的黃包車上，鄺夫人因爲下了眼淚，所以不送出去。其餘的三人和小孩子都送他的車了出馬路，到看不見了方才回來。回來之後，四人無言的坐了一忽，海如才幽幽的對質夫說：

「一個去了。啊啊！等我們上船之後，只剩了你從上海乘火車回家去，你不怕孤寂的麼？還是你先走的好吧，我們人數多一點，好送你上車。」

質夫很沉鬱的回答說：

「誰先走，誰送誰倒沒有什麼問題，只是我們兩年來的奮鬥，卻將等於零了。啊啊！想起來，真好像在這裏做夢。我們初出季刊周報的時候，與現在一比，是何等的懸別！這一期季刊的稿子，趁他們還沒有複印，去拿回來吧！」

鄺海如又幽幽的回答說：

「我也在這樣的想，周報上如何的登一個啓事呢？」

「還要登什麼啓事，停了就算了。」質夫憤憤的說。

海如又接續說：

「不登啓事，怕人家不曉得我們的苦楚，要說我們有頭無尾。」

質夫索性自暴自棄的說：

「人家知道我們的苦楚，有什麼用處？還再想出來弄季刊周報的復活麼？」

只有曾季生聽了這些話，卻默默的不作一聲，盡在那裏摸臉上的瘰粒。

吃過午飯之後，他們又各說了許多空話，到後來大家出了眼淚才止。這一晚質夫終究沒有回到那同牢獄似的堆棧裏去睡。

五

曾鄺動身上船的前一日，天氣陰悶，好像要下雨的樣子。在靜安寺近邊的那間一樓一底的房子裏，於午前十一時，就裝了一桌魚肉的供菜，擺在那張圓桌上。上首尸位裏，疊著幾冊叢書季刊，一捆周報和日刊紙。下面點著一雙足斤的巨燭，曾鄺于霍四人，喝酒各喝得微醉，在那裏展拜。

海如拜將下去，叩了幾個響頭，大聲的說：

「詩神請來受饗，我們因爲意志不堅，不能以生命爲犧牲，所以想各逃回各的故鄉去保全身軀。但是藝術之神們喲，我們爲你們而受的迫害也不少了。我們決沒有厭棄你們的心思。世人都指斥我們是不要緊的，我們只要求你們能瞭解我們，能爲我們說一句話，說『他們對於藝術卻是忠實的。』我們幾個意志薄弱者，明天就要勞燕東西的分散了，再會不知還是在這地球之上呢？還是在死神之國？我們的共同的工作，對我們物質上雖沒有絲毫的補益，但是精神上卻把我們鍛煉得同古代邪教徒那樣的堅忍了。我們今天在離散之前，打算以我們自家的手把我們自家的工作來付之一炬，免得他年被不學無術的暴君來蹂躪。」

這幾句話，因爲他說的時候非常嚴肅，弄得大家欲哭不能，欲笑不可。他們四人拜完之後，一大堆的叢書季刊周報日刊都在天井裏燒毀了。有幾片紙灰飛上了空中，直達到屋簷上去。在火堆的四面默默站著的他們四個，只聽見霍霍的火焰在那裏響。

一九二三年九月

注釋

①本篇最初發表於一九二六年一月十日《東方雜誌》第廿三卷第一號。

薄奠①

上

一天晴朗的春天的午後，我因爲天氣太好，坐在家裏覺得悶不過，吃過了較遲的午飯，帶了幾個零用錢，就跑出外面去逛去。北京的晴空，顏色的確與南方的蒼穹不同。在南方無論如何晴快的日子，天上總有一縷薄薄的纖雲飛著，並且天空的藍色，總帶著一道很淡很淡的白味。北京的晴空卻不是如此，天色一碧到底，你站在地上對天注視一會，身上好像能生出兩翼翅膀來，就要一揚一擺的飛上空中去的樣子。這可是單指不起風的時候而講，若一起風，則人在天空下眼睛都睜不開，更說不到晴空的顏色如何了。

那一天的午後，空氣非常澄清，天色真青得可憐。我在街上夾在那些快樂的北京人士中間，披了一身和暖的陽光，不知不覺竟走到了前門外最熱鬧的一條街上。踏進了一家賣燈籠的店裏，買了幾張奇妙的小畫，重新回上大街緩步的時候，我忽而聽出了一陣中國戲園特有的那種原始的鑼鼓聲音來。我的兩隻腳就受了這聲音的牽引，自然而然地踏了進去。聽戲聽到了第三齣，外面忽而起了嗚嗚的大風，戲園的屋頂也有些兒搖動。戲散之後，推來讓去的走出戲園，撲面就來一陣風沙。我眼睛閉了一忽，走上大街來雇車，車夫都要我七角六角大洋，不肯按照規矩折價。那時候天雖則還沒有黑，但因爲風沙飛滿在空中，所以沉沉的大地上，已經現出了黃昏前的急景。店家的電燈，也都已上火，大街上汽車馬車洋車擠塞在一處。一種車鈴聲叫喚聲，並不知從何處來的許多雜音，盡在那裏奏錯亂的交響樂。大約是因爲夜宴的時刻逼近，車上的男子定是去赴宴會，奇裝的女子想來是去陪席的。

一則因爲大風，二則因爲正是一天中間北京人士最繁忙的時刻，所以我雇車竟雇不著，一直的走到了前門大街。爲了上舉的兩種原因，洋車夫強索昂價，原是常有的事情，我因零用錢花完，袋裏只有四五十枚銅子，不能應他們的要求，所以就下了決心，想一直走到西單牌樓再雇車回家。走下了正陽橋邊的步道，被一輛南行的汽車噴滿了一身灰土，我的決心，又動搖起來，含含糊糊的向道旁停著的一輛洋車問了一句，「嗳！四十枚拉巡捕廳兒胡同拉不拉？」那車夫竟恭恭敬敬的向我點了點頭說：

「坐上罷，先生！」

坐上了車，被他向北的拉去，那麼大的風沙，竟打不上我的臉來，我知道那時候起的是南風了。我不坐洋車則已，若坐洋車的時候，總愛和洋車夫談閒話，想以我的言語來緩和他的勞動之苦；因爲平時我們走路，若有一個朋友和我們閒談著走，覺得不費力些。我從自己的這種經驗著想，老是在實行淺薄的社會主義，一邊高踞在車上，一邊向前面和牛馬一樣在奔走的我的同胞攀談些無頭無尾的話。這一天，我本來不想開口的，但看看他的彎曲的背脊，聽聽他嘿嘿的急喘，終覺得心裏難受，所以輕輕的對他說：

「我倒不忙，你慢慢的走罷，你是哪兒的車？」

「我是巡捕廳胡同西口兒的車。」

「你在哪兒住家嚇？」

「就在那南順城街的北口，巡捕廳胡同的拐角兒上。」

「老天爺不知怎麼的，每天刮這麼大的風。」

「是啊！我們拉車的也苦，你們坐車的老爺們也不快活，這樣的大風天氣，真真是招怪嚇！」

這樣的一路講，一路被他拉到寄住的寓舍門口的時候，天已經快黑了。下車之後，我數銅子給他，他卻和我說起客氣話來，他一邊拿出了一條黑黝黝的手巾來擦頭上身上的汗，一邊笑著說：

「您帶著罷，我們是街坊，還拿錢麼？」

被他這樣的一說，我倒覺得難爲情了，所以雖只應該給他四十枚桐子的，而到這時候卻不得不把盡我所有的四十八枚銅子都給他。他道了謝，拉著空車在灰黑的道上向西邊他的家裏走去，我呆呆的目送了他一程，心裏卻在空想他的家庭。——他走回家去，他的女人必定遠遠的聞聲就跑出來接他。把車斗裏的銅子拿出，將車交還了車行，他回到自己屋裏打一盆水洗洗手臉，吸幾口煙，就可在洋燈下和他的妻子享受很健康的夜膳。若他有興致，大約還要喝一二個銅子的白乾。喝了微醉，講些東西南北的廢話，他就可以抱了他的女人小孩，鑽進被去酣睡。這種酣睡，大約是他們勞動階級的唯一的享樂。

「啊啊！……」

空想到了此地，我的傷感病又發了。

「啊啊！可憐我兩年來沒有睡過一個整整的夜！這倒還可以說是因病所致，但是我的遠隔在三千里外的女人小孩，又爲了什麼，不能和我在一處享受吃苦呢？難道我們是應該永遠隔離的麼！難道這也是病麼？……總之是我不好，是我沒有能力養活妻子。啊啊，你這車夫，你這向我道謝，被我憐憫的車夫，我不如你嚇，我不如你！」

我在門口灰暗的空氣裏呆呆的立了一會，忽而想起了自家的身世，就不知不覺的心酸起來，紅潤的眼睛，被我所依賴的主人看見，是大不好的，因此我就復從門口走了下來，遠遠的跟那洋車走了一段。跟它轉了彎，看那車夫進了胡同拐角上的一間破舊的矮屋，我又走上平則門大街去跑了一程，等天黑了，才走回家來吃晚飯。

自從這一回後，我和他的洋車，竟有了緣分，接連的坐了它好幾次。他和我漸漸的熟起來了。

中

平則門外，有一道城河。河道雖比不上朝陽門外的運河那麼寬，但春秋雨霽，綠水粼粼，也盡可以浮著錦帆，乘風南下。兩岸的垂楊古道，倒影入河水中間，也大有板渚隨堤的風味。河邊隙地，長成一片綠蕪，晚來時候，老有閒人在那裏調鷹放馬。太陽將落未落之際，站在這城河中間的渡船上，往北望去，看得出西直門的城樓，似煙似霧的，溶化成金碧的顏色，飄揚在兩岸垂楊夾著的河水高頭。春秋佳日，向晚的時候，你若一個人上城河邊上來走走，好像是在看後期印象派的風景畫，幾乎能使你忘記是身在紅塵十丈的北京城外。西山數不盡的諸峰，又如笑如眠，帶著紫蒼的暮色，靜躺在綠蔭起伏的春野西邊；你若叫它一聲，好像是這些遠山，都能慢慢的走上你身邊來的樣子。西直門外有幾處養鵝鴨的莊園，所以每天午後，城河裏老有一對一對的白鵝在那裏游泳。夕陽最後的殘照，從楊柳蔭中透出一兩條光線來，射在這些浮動的白鵝背上時，愈能顯得這幅風景的活潑鮮靈，別饒風致。我一個人渺焉一身，寄住在人海的皇城裏，衷心鬱鬱，老感著無聊。無聊之極，不是從城的西北跑往城南，上戲園茶樓，娼寮酒館，去夾在許多快樂的同類中間，忘卻我自家的存在，和他們一樣的學習醉生夢死，便獨自一個跑出平則門外，去享受這本地的風光。玉泉山的幽靜，大覺寺的深邃，並不是對我沒有魔力，不過一年有三百五十九日窮的我，斷沒有餘錢，去領略它們的高尚的清景。

五月中旬的有一天午後，我又無端感著了一種悲憤，本想上城南的快樂地方，去尋些安慰的，但袋裏連幾個車錢也沒有了，所以只好走出平則門外，去坐在楊柳蔭中，儘量地呼吸呼吸西山的爽氣。我守著西天的顏色，從濃藍變成了淡紫，一忽兒，天的四周圍又染得深紅了，遠遠的法國教會堂的屋頂和許多綠樹梢頭，刹那間返射了一陣赤赭的殘光，又一忽兒空氣就變得澄蒼靜肅，視野內招喚我注意的物體，什麼也沒有了。四周的物影，漸漸散亂起來，我也感著了一種日暮的悲哀，無意識地滴了幾滴眼淚，就慢慢的真是非常緩慢，好像在夢裏遊行似的，走回家來。進平則門往南一拐，就是南順城街，南順城街路東的第一條胡同便是巡捕廳胡同。我走到胡同的西口，正是進胡同的時候，忽而從角上的一間破屋裏漏出幾聲大聲來。這聲音我覺得熟得很，稍微用了一點心力，回想了一想，我馬上就記起那個身材瘦長，臉色黝黑，常拉我上城南去的車夫來。我站住靜聽了一會，聽得他好像在和人拌嘴。我坐過他許多次數的車，他的脾氣是很好的，所以聽到他在和人拌嘴，心裏倒很覺得奇怪。看他的樣子，好像有五十多歲的光景，但他自己說今年只有四十二歲。他平常非常沉默寡言，不過你和他說話的時候，他卻總來回答你一句兩句。他身材本來很高，但是不曉是因爲社會的壓迫呢，還是因他天生的病症，背脊卻是彎著，看去好像不十分高。他臉上浮著的一種謹愼的勞動者特有的表情，我怎麼也形容不出來，他好像是在默想他的被社會虐待的存在是應該的樣子，又好像在這沉默的忍苦中間，在表示他的無限的反抗，和不斷的掙扎的樣子。總之，他那一種沉默忍受的態度，使人家見了便能生出無限的感慨來。況且是和他社會的地位相去無幾，而受的虐待又比他更甚的我，平常坐他的車，和他談話的時候，總要感著一種抑鬱不平的氣，橫上心來；而這種抑鬱不平之氣，他也無處去發洩，我也無處去發洩，只好默默的悶受著，即使悶受不過，最多亦只能向天長嘯一聲。

有一天我在前門外喝醉了酒，往一家相識的人家去和衣睡了半夜，醒來的時候，已經是下弦月上升的時刻了。我從韓家潭雇車雇到西單牌樓，在西單牌樓換車的時候，又遇見了他。半夜酒醒，從灰白死寂，除了一乘兩乘汽車飛過攪起一陣灰來，此外別無動靜的長街上，慢慢被拖回家來。這種悲哀的情調，已盡夠我消受的了，況又遇著了他，一路上聽了他許多不堪再聽的話⋯⋯他說這個年頭兒真教人生存不得。他說洋車價漲了一個兩個銅子，而煤米油鹽，都要各漲一倍。他說洋車出租的東家，真會挑剔，一根骨子彎了一點，一個小釘不見了，就要賠很多錢。他說他一天到晚拉車，拉來的幾個錢還不夠供洋車租主的絞榨，皮帶破了，弓子彎了的時候，更不必說了。他說他的女人不會治家，老要白花錢。他說他的大小孩今年八歲，二小孩今年三歲了。⋯⋯我默默的坐在車上，看看天上慘澹的星月，經過了幾條灰黑靜寂的狹巷，細聽著他的一條條的訴說，覺得這些苦楚，都不是他一個人的苦楚。我真想跳下車來，同他抱頭痛哭一場，但是我著在身上的一件竹布長衫，和盤在腦裏的一堆教育的繩矩，把我的真率的情感縛住了。自從那一晚以後，我心裏就存了一種怕與他相見的思想，所以和他不見了半個多月。

這一天日暮，我自平則門走回家來，聽了他在和人吵鬧的聲音，心裏竟起了一種自責的心思，好像是不應該躲避開這個可憐的朋友，至半月之久的樣子。我靜聽了一忽，才知道他吵鬧的對手，是他的女人。一時心情被他的悲慘的聲音所挑動，我竟不待回思，一腳就踏進了他住的那所破屋。他的住屋，只有一間小屋，小屋的一半，卻被一個大炕佔據了去。在外邊天色雖還沒有十分暗黑，但在他矮小的屋內，卻早已黑影沉沉，辨不出物體來了。他一手插在腰裏，一手指著炕上縮成一堆，坐在那裏的一個婦人，一聲兩聲的在那裏數罵。兩個小孩爬在炕的裏邊。我一進去時，只見他自家一個站著的背影，他的人和小孩都看不出來。後來招呼了他，向他手指著的地方看去，才看出了一個女人，又站了一忽，我的眼睛在黑暗裏經慣了，重復看出了他的兩個小孩。我進去叫了他一聲，問他爲什麼要這樣的動氣，他就把手一指，指著炕沿上的那女人說：

「這臭東西把我辛辛苦苦積下來的三塊多錢，一下子就花完了，去買了這些捆屍體的布來。……」說著他用腳一踢，地上果然滾了一包白色的布出來。

他一邊向我問了寒暄話，一邊就蹙緊了眉頭說：

「我的心思，她們一點兒也不曉得，我要積這幾塊錢幹什麼？我不過想自家去買一輛舊車來拉，可以免掉那車行的租錢呀！天氣熱了，我們窮人，就是光著脊肋兒，也有什麼要緊？她卻要去買這些白洋布來做衣服。你說可氣不可氣啊？」

我聽了這一段話，心裏雖則也爲他難受，但口上只好安慰他說：

「做衣服倒也是要緊的，積幾個錢，是很容易的事情，你但須忍耐著，三四塊錢是不難再積起來的。」

我說完了話，忽而在沉沉的靜寂中，從炕沿上聽出了幾聲暗泣的聲音來。這時候我若袋裏有錢，一定要全部拿出來給他，請他息怒。但是我身邊一摸，卻摸不出一個銅銀的貨幣。呆呆的站著，心裏打算了一會，我覺得終究沒有方法好想。正在著惱的時候，我裏邊小褂袋裏唧唧響著的一個銀表的針步聲，忽而敲動了我的耳膜。我知道若在此時，當面把這銀表拿出來給他，他是一定不肯受的。遲疑了一會，我想出一個主意，乘他不注意的時候，悄悄的把表拿了出來；和他講著些慰勸他的話，一邊我走上前去了一步，順手把表擱在一張半破的桌上。隨後又和他交換了幾句言語，我就走出來了。

我出到了門外，走進胡同，心裏感得的一種沉悶，比午後上城外去的時候更甚了。我只恨我自家太無能力，太沒有勇氣。我仰天看看，在深沉的天空裏，只看出了幾顆星來。

第二天的早晨，我剛起床，正在那裏刷牙漱口的時候，聽見門外有人打門，出去一看，就看見他拉著車站在門口。他問了我一聲好，手向車斗裏一摸，就把那個表拿出來，問我說：

「先生，這是你的罷？你昨晚上掉下的罷？」

我聽了臉上紅了一紅。馬上就說：

「這不是我的，我並沒有掉表。」

他連說了幾聲奇怪，把那表的來歷說了一陣，見我堅不肯認，就也沒有方法，收起了表，慢慢的拉著空車向東走了。

下

夏至以後，北京接連下了半個多月的雨。我因爲一天晚上沒有蓋被睡覺，惹了一場很重的病，直到了二禮拜前才得起床。起床後第三天的午後，我看看久雨新霽，天氣很好，就拿了一根手杖踏出門去。因爲這是病後第一次的出門，所以出了門就走往西邊，依舊想到我平時所愛的平則門外的河邊邊去閑行。走過那胡同角上的破屋的時候，我只看見門口立了一群人，在那裏看熱鬧。屋內有人在低聲啜泣。我以爲那拉車的又在和他的女人吵鬧了，所以也就走了過去，去看熱鬧，一邊我心裏卻暗暗的想著：

「今天若他們再因金錢而爭吵，我卻可以解決他們的問題。」

因爲那時候我家裏寄出來爲作醫藥費的錢還沒有用完，皮包裏還有幾張五元錢的鈔票收藏在哩。我踏近前去一看，破屋裏並沒有拉車的影子，只有他的女人坐在炕沿上哭，一個小一點的小孩，坐在地上他母親的腳跟前，也在陪著她哭。看了一會，我終摸不著頭腦，不曉得她爲什麼要哭。

和我一塊兒站著的人，有的唧唧的在那裏嘆息，有的也拿來出手巾來在擦眼淚說：「可憐哪，可憐哪！」我向一個立在我旁邊的中年婦人問了一番，才知道她的男人，前幾天在南下窪的大水裏淹死了。死了之後，她還不曉得，直到第二天的傍晚，由拉車的同伴認出了他的相貌，才跑回來告訴她。她和她的兩個兒子，得了此信，冒雨走上南橫街南邊的屍場去一看，就大哭了一陣。後來她自己也跳在附近的一個水池裏自盡過一次，經她兒子的呼救，附近的居民費了許多氣力，才把她撈救上來。過了一會，由那地方的慈善家，出了錢把她的男人埋葬完畢，且給了她三十斤麵票，八十吊銅子，方送她回來。回來之後，她白天晚上只是哭，已經哭了好幾天了。

我聽了這一番消息，看了這一場光景，心裏只是難受。同一兩個月前頭，半夜從前門回來，坐在她男人的車上，聽他的訴說時一樣，覺得這些光景，決不是她一個人的。我忽而想起了我的可憐的女人，又想起了我的和那在地上哭的小孩一樣大的兒女，也覺得眼睛裏熱起來癢起來了。我心裡正在難受，忽而從人叢裏擠來了一個八九歲的小孩赤足袒胸地跑了進來。他小手裏拿了幾個銅子蹦手蹦腳的對她說：「媽，你瞧，這是人家給我的。」看熱鬧的人，看了他那小臉上的嚴肅的表情，和他那小手的滑稽的樣子，有幾個笑著走了，只有兩個以手巾擦著眼淚的老婦人，還站在那裏。

我看看周圍的人數少了，就也踏也進去問她說：

「你還認得我麼？」

她舉起腫紅的眼睛來，對我看了一眼，點了一點頭，仍復伏倒頭在哀哀地哭著。我想叫她不哭，但是看看她的情形，覺得是不可能的，所以只好默默的站著，眼睛看見他的瘦削的雙肩一起一縮的在抽動。我這樣的靜立了三五分鐘，門外又忽擠出許多人攏來看我。我覺得被他們看得不耐煩了，就走出了一步對他們說：

「你們看什麼熱鬧？人家死了人在這裏哭，你們有什麼好看？」

那八歲的孩子，看我心裏發了惱，就走上門口，把一扇破門關上了。喀丹一響，屋裏忽而暗了起來。他的哭著的母親，好像也為這變化所驚動，一時止住哭聲。擎起眼來看她的孩了和離門不遠呆立著的我。我乘此機會，就勸她說：

「看養孩子要緊，你老是哭也不是道理，我若可以幫你的忙，我總沒有不爲你出力的。」

她聽了這話，一邊啜泣，一邊斷斷續續的說：

「我……我……別的都不怪，我……只……只怪他何以死的那麼快。也……也不知他……他是自家沉河的呢，還是……」

她說了這一句又哭起來了，我沒有方法，就從袋裏拿出了皮包，取了一張五塊錢的鈔票遞給她說：

「這雖然不多，你拿著用罷！」

她聽了這話，又止住了哭，啜泣著對我說：

「我……我們……是不要錢用，只……只是他……他死得……死得太可憐了。……他……他活著的時候，老……老想自己買一輛車，但是……但是這心願兒終究沒有達到。……前天我，我到冥衣鋪去定一輛紙糊的洋車，想燒給他，那一家掌櫃的要我六塊多錢，我沒有定下來。你……你老爺心好，請你，請你老爺去買一輛好，好的紙車來燒給他罷！」說完她又哭了。

我聽了這一段話，心裏愈覺得難受，呆呆的立了一忽，只好把剛才的那張鈔票收起，一邊對她說：

「你別哭了罷！他是我的朋友，那紙糊的洋車，我明天一定去買了來，和你一塊去燒到他的墳前去。」

又對兩個小孩說了幾句話，我就打開門走出來。我從來沒有辦過喪事，所以尋來尋去，總尋不出一家冥衣鋪來定那紙糊的洋車。後來直到四牌樓附近，找定了一家，付了他錢，要他趕緊爲我糊一輛車。

二天之後，那紙洋車糊好了，恰巧天氣也不下雨，我早早吃了午飯，就雇了四輛洋車，同她及兩個小孩一道去上她男人的墳。車過順治門內大街的時候，因爲我前面的一乘人力車上只載著一輛紙糊的很美麗的洋車和兩包錠子，大街上來往的紅男綠女只是凝目的在看我和我後面車上的那個眼睛哭得紅腫，衣服襤褸的中年婦人。我被眾人的目光鞭撻不過，心裏起了一種不可抑遏的反抗和詛咒的毒念，只想放大了喉嚨向著那些紅男綠女和汽車中的貴人狠命的叫罵著說：

「豬狗！畜生！你們看什麼？我的朋友，這可憐的拉車者，是爲你們所逼死的呀！你們還看什麼？」

一九二四年八月十四日作於北京

注釋

①本篇最初發表於一九二四年十二月五日《太平洋》第四卷第九號。

一夜北風，院子裏的松泥地上，已結成了一層短短的霜柱，積水缸裏，也有幾絲冰骨凝成了。從長年漂泊的倦旅歸來，昨晚上總算在他兒時起居慣的屋棟底下，享受了一夜安眠的文樸，從樓上起身下來，踏出客堂門，上院子裏去一看，陡然間卻感到了一身寒冷。

「這一區江濱的水國，究竟是比半海洋性的上海冷些。」

瞪目呆看看晴空裏的陽光，正在這樣凝想著的時候，從廚下剛走出客堂裏來的他那年老的娘，卻忽而大聲地警告他說：

「樸，一清早起來，就站在院子裏去幹什麼？今天可冷得很哩！快進來，別遭了涼！」

文樸聽了她這仍舊是同二十幾年前一樣的告誡小孩子似的口吻，心裏頭便突然間起了一種極微細的感觸，這正是有些甜也有些苦的感觸。眼角上雖漸漸帶著了潮熱，但面上卻不能自已地流露出了一臉微笑，他只好回轉身來，文不對題的對他娘說：

「娘！我今天去就是，上東梓關徐竹園先生那裏去看一看來就是，省得您老人家那麼的爲我擔心。」

「自然啦，他的治吐血病是最靈也沒有的，包管你服幾帖藥能痊癒。那兩張鈔票，你總收藏好了吧？要是不夠的話，我這裏還有。」

「哪裡會得不夠呢。我自己還有著，您放心好了，我吃過早飯，就上輪船局去。」

「早班輪船怕沒有這麼早。你先進來吃點點心，回頭等早午飯燒好，吃了再去，也還來得及哩。你臉洗過了沒有？」

洗了一洗手臉，吃一碗開水沖蛋，上各處兒時走慣的地方去走了一圈回來，文樸的娘已經擺好了四碗蔬菜，在等他吃早午飯了。短促的冬日，在白天的時候也實在真短不過。文樸滿以爲還是早晨的此刻，可是一坐下來吃飯，太陽卻早已經曬到了那間朝南的客堂的桌前，看起來大約總也約莫有了十點多鐘的樣子了。早班輪船是早晨七點從杭州開來的，到埠總在十一點左右，所以文樸的這一頓早午飯，自然是不能吃得十分從容。倒是在上座和他對酌的他那年老的娘，看他吃得太快了，就又寬慰他說：

「吃得這麼快幹什麼？早班輪船趕不著，晚班的總趕得上的，當心別噎嗝起來！」依舊是同二十幾年前對小孩子說話似的那一種口吻。

剛吃完飯，擦了擦臉，文樸想站起來走了，他娘卻又對他叮囑著說：

「我們和徐竹園先生，也是世交，用不著客氣的。你雖則不認得他，可是到了那裏，今天你就可以服一帖藥，就在徐先生的春和堂裏配好，托徐先生家裏的人代你煎煎就對。……」

「好，好，我曉得的。娘，你慢用吧，我要走了。」

正在這個時候，輪船報到的汽笛聲，也遠遠地從江面上傳了過來。

這小縣城的碼頭上，居然也擠滿了許多上落的行旅客商和自鄉下來上城市購辦日用品的農民，在從碼頭擠上船去的一段浮橋上，文樸也遇見了許多兒時熟見的鄉人的臉。汽笛重叫了一聲，輪船離埠開行之後，文樸對著漸漸退後向後去的故鄉的一排城市人家，反吐了一口如釋重負似的深長的氣。因為在外面漂泊慣了，他對於小時候在那兒生長，在旅途中又常在想念著老巢，倒在感到一種莫名其妙的壓迫。一時重復身入了舟車逆旅的中間，反覺得是回到了熟習的故鄉來的樣子。更況且這時候包圍在他坐的那隻小輪船的左右前後的，盡是些藍碧的天，澄明的水，和兩岸的青山紅樹，江心的暖日和風；放眼向四周一望，他覺得自己譬如是一隻在山野裏飛遊慣了的鳥，又從狹窄的籠裏飛出，飛回到了大自然的懷抱裏來了。

東梓關在富春江的東岸，錢塘江到富陽而一折，自此以上，為富春江，已經將東西的江流變成了南北的向道。輪船在途中停了一二處，就到了東梓關的埠頭。東梓關雖則去縣城只有三四十里路程，但文樸因自小就在外面飄流，所以只在極幼小的時候因上祖墳來過一次外，自有確實的記憶以後卻從來還沒有到過這一個在他們的故鄉也是很有名的村鎮。

江上太陽西斜了，輪船在一條石砌的碼頭上靠了岸。文樸跟著幾個似乎是東梓關附近土著的農民上岸之後，第一就問他們，徐竹園先生是住在哪裡的。

「徐竹園先生嗎？就是那間南面的大房子！」

一個和他一道上岸來的農民在岸邊站住了，用了他那隻蒼老曲屈的手指，向南指點了一下。

文樸以手遮著日光，舉頭向南一看，只看出了幾家疏疏落落的人家，和許多樹葉脫盡的樹木來。因稻已經收割盡了，空地裏草場上，只堆著一堆一堆的乾稻草在那裏反射陽光。一處離埠頭不遠的池塘裏，游泳著幾隻家畜的鴨，時而一聲兩聲的在叫著。池塘邊上，水淺的地方，還浸著一隻水牛，在水面上擎起了牠那個兩角崢嶸的牛頭，和一雙黑沉沉的大眼，靜靜兒的在守視著從輪船上走下來的三五個行旅之人。村子裏的小路很多，有些是石砌的，有些是黃泥的，只有一條石板砌成的大道，曲折橫穿在村裏的人家和那池塘的中間，這大約是官道了。文樸跟著了那個剛才教過他以徐先生的住宅的農夫，就朝南順著了這一條大道走向前去。

東梓關的全村，大約也有百數家人家，但那些鄉下的居民似乎個個都很熟似的。文樸跟了農夫走不上百數步路，卻聽他把自那裏來爲辦什麼事去的歷史述說了一二十次，因爲在路上遇見他的人，個個都以同樣的話問了一句，而他總也一邊前進，一邊以同樣的話回答他們。直到走上了一處有四五條大小的叉路交接的地方，他的去路似乎和文樸的不同了，高聲一喊，他便喊住了一位在一條小路上慢慢向前行走的中老農夫，自己先說了一遍自何處來爲辦什麼事而去的歷史，然後才將文樸交托了他，托他領到徐先生的宅裏，他自己就順著大道，向前走了。

徐竹園先生的住宅，果然是近鄰中所少見的最大的一所，但牆壁樑棟，也都已舊了，推想起來，大約總也是洪楊戰後所築的舊宅無疑。文樸到了徐家屋裏，由那中老農夫進去告訴了一聲，等了一會，就走出來了一位面貌清秀，穿長衫作學生裝束的青年。聽取了文樸的自己介紹和來意以後，他就很客氣地領他進了一間光線不十分充足的廂房。這時候的時刻雖則已進了午後，可是門外面的晴冬的空氣，乾燥得分外鮮明。平西的太陽光線，也還照耀得輝光四溢，而一被領進到了這一間分明是書室兼臥房的廂房的中間，文樸覺得好像是寒天日暮的樣子了。廂房的三壁，各擺滿了許多冊籍圖畫，一面靠壁的床上陳設著有一個長方的紫檀煙托，和一盞小小的油燈。文樸走到了床鋪的旁邊，躺在床上剛將一筒煙抽完的徐竹園先生也站起來了。

「是樸先生麼？久仰久仰。令堂太太的身體近來怎麼樣？請躺下去歇息吧，輪船裏坐得不疲乏麼？彼此都不必客氣，就請躺下去歇息，我們可以慢慢的談天。」

竹園先生總約莫有五十歲左右了，清癯的面貌，雅潔的談吐，絕不像是一個未見世面的鄉下先生。文樸和他夾著煙盤躺下去後，一邊在看他燒裝捏吸，一邊也在他停燒不吸的中間，聽取了許多關於他自己當壯年期裏所以要去學醫的由來。

東梓關的徐家，本來是世代著名的望族，在前清嘉道之際，徐家的一位豪富，也曾在北京任過顯職，嗣後就一直沒有脫過科甲。竹園先生自己年紀輕的時候，也曾做過救世拯民的大夢，可是正當壯年時期，大約是因爲用功過了度，在不知不覺的中間，竟爾染上了吐血的宿疾，於是大夢也醒了，意志也灰頹了，幡然悔悟，改變方針，就於求醫採藥之餘，一味的看看醫書，試試藥性，像這樣的生活，到如今已經過了二十多年了。

「就是這一口煙……」

徐竹園先生繼續著說：

「就是這一口煙，也是那時候吸上的。病後上的癮，真是不容易戒絕，所以我勸你，要根本的治療，還是非用藥石不行。」

世事看來，原是塞翁之馬，徐竹園先生因染上疾病，才絕意於仕進，略有餘閒，也替人家看看病，自己讀讀書，經管經管祖上的遺產；每年收入，薄有盈餘，就在村裏開了一家半施半賣的春和堂藥鋪。二十年來，大局盡變，徐家其他的各房，都因宦途艱險，起落無常之故，現在已大半中落了，可是徐竹園先生的一房，男婚女嫁，還在保持著舊日的興隆，他的長子，已生下了孫兒，三代見面了。

文樸靜躺在煙鋪的一旁，一邊在聽著徐竹園先生的述懷，一邊也暗自在那裏下這樣的結論；忽而前番引領他進來的那位青年，手裏拿了一盞煤油燈走進了房來，並且報告著說：

「晚飯已經擺上了！」

徐竹園先生從床上立了起來，整整衣冠，陪文樸走上廳去的中間，文樸才感到了鄉下生活的悠閒，不知不覺，在煙盤邊一躺，卻已經有三四個鐘頭飛馳過去了。豐盛的一餐夜飯吃完之後，自然的就又走回到了煙鋪。竹園先生的興致愈好了，飯後的幾筒煙一抽，談話就轉到了書版掌故的一方面去。因爲文樸也是喜歡收藏一點古書骨董之類的舊貨的，所以一談到了這一方面，他的精神，也自然而然的振作了一下。

竹園先生便取出了許多收藏的磚硯，明版的書籍，和傅青主手寫的《道情》卷冊來給文樸鑒賞。文樸也將十幾年來在外面所見過的許多珍彝古器的大概說給了徐先生聽。聽到了歐戰期間，巴黎博物院裏保藏古物的苦心的時候，竹園先生竟以很新的見解，發表了一段反對戰爭的高論。爲證明戰爭的禍患無窮，與只有和平的老百姓受害獨烈的實際起見，他最後又說到了這東梓關地方的命名的出處。

東梓關本來叫作「東指關」的，吳越行軍，到此暫駐，順流直下，東去就是富陽山嘴，是一個天然的關險，是以行人到此，無不東望指關，因而有了這一個名字。但到了明末，倭寇來侵，江浙沿海一帶，處處都遭了蹂躪，這兒一隅，雖然處在內地，可是烽煙遍野，自然也民不安居。忽而有一天晚上，大兵過境，將此地土著的一位農民拉了去。他本來是一個獨子，父母都已經去世了，只剩下兩位弱妹，全要憑他的力田所入，來養活三人的。哥哥被拉了去後的兩位弱妹，當然是沒有生路了，於是只有朝著東方她們哥哥拉了去的方向，舉手狂叫，痛哭悲號，來減輕她們的憂愁與恐怖。這樣的哭了一日一夜，眼睛裏哭出血來了，突然間天上就起了狂風，將她們的哭聲送到了她們哥哥的耳裏。她們的哥哥這時候正被鐵鏈鎖著，在軍營裏服牛馬似的苦役。大風吹了　日一夜，他流著眼淚，遠聽她們的哭聲也聽了一日一夜。直到第三天的天將亮的時候，他拖著鐵鏈，爬到了富春江下游的錢塘江岸，縱身一跳，竟於狂風大雨之中跳到了正在漲潮的大江心裏。同時她的兩位弱妹，也因爲哭了二日二夜，眼睛裏的血也流完了之故，於天將亮的時候在「東指關」的江邊，跳到水裏去了。第三天天晴風息，「東指關」的住民早晨起來一看，附近地方的樹頭，竟因大風之故，盡曲向了東方。當時這裏所植的都是梓樹，所以以後，地名就變作了東梓關。過了幾天，潮退了下去，在東梓關西面的江心裏，忽然現出了兩大塊岩石來。在這兩大塊岩石旁邊，他們兄妹三人的屍體卻顏色如生地靜躺在那裏，但是三人的眼睛，都是哭得紅腫不堪的。

「那兩大塊岩石，現在還在那裏，可惜天晚了，不能陪你去看……」

徐竹園先生慢慢地說：

「我們東梓關人，以後就把這一堆岩石稱作了『姐妹山』。現在歲時伏臘，也還有人去頂禮膜拜哩！戰爭的毒禍，你說厲害不厲害？」

將這一大篇故事述完之後，竹園先生就又大口的抽了兩口煙，咕的喝了一口濃茶。點上一枝雪茄，放到嘴裏銜上了，他就坐了起來對文樸說：

「現在讓我來替你診脈吧！看你的臉色，你那病還並沒有什麼不得了的。」

伏倒了頭，屏絕住氣息，他輕一下重一下的替文樸按了約莫有三十分鐘的脈，又鄭重地看了一看文樸的臉色和舌苔，他卻好像已經得到了把握似地歡笑了起來：

「不要緊，不要緊，你這病還輕得很呢！我替你開兩個藥方，一個現在暫時替你止血，一個你以後可以常服的。」

說了這幾句話後，他又凝神展氣地向洋燈注視了好幾分鐘，然後伸手磨墨，預備寫下那兩張藥方來了。

這時候時間似乎已經到了夜半，沉沉的四壁之內，文樸只聽見竹園先生磨墨的聲音響得很厲害。時而窗外面的風聲一動，也聽得見一絲一絲遠處的犬吠之聲，但四面卻似乎早已經是睡盡了。文樸一個人坐在竹園先生的背後，在這深夜的沉寂裏靜靜的守視著他這種聚精會神的神氣，和一邊咳嗽一邊伸紙吮筆的風情，心裏頭卻自然而然的起了一種畏敬的念頭。

「啊啊，這的確是名醫的風度！」

文樸在心裏想：

「這的確是名醫的樣子，我的病大約是有救藥了。」

竹園先生把兩個藥方開好了，擱下了筆，他又重將藥方仔細檢點了一遍。文樸立起來走向了桌前，接過藥方，就躬身道了個謝，旋轉身又和竹園先生躺下在煙盤的兩旁。竹園先生又抽了幾口之後，廳上似乎起了一點響動，接著就有人送點心進來了，是熱烘烘的一壺酒，四碟菜，兩碗麵。文樸因為食欲不佳，所以只喝了一杯酒就擱下了筷，在陪著竹園先生進用飲食的當中，他卻忍不住打了兩個呵欠。竹園先生看見了，向房外叫了一聲，白天的那位青年就走了進來，執著燈陪文樸進了一間小小的客房。

文樸睡不上幾個鐘頭，窗外面已經有早起的農人起來了，一睡醒後，他第二覺是很不容易睡著的，撩起帳子來一看，窗外面似乎依舊是乾燥的晴天。他張開眼想了一想，就匆匆地披衣著襪，起身走出了臥床。徐家的上下，除打洗臉水來的傭人之外，當然是全家還在高臥。文樸問傭人要了一副紙筆，向竹園先生留下了一張打擾告罪的字條，便從徐家走了出來。因為下水的早班輪船，是於八點前後經過東梓關埠頭的，他就想乘了這班早船，重回到他老母的身邊去，在徐家服藥久住，究竟覺得有點不便。

屋外面的空氣著實有點尖寒的難受，可是靜躺在晴冬的朝日之下的這東梓關的村景，卻給與了文樸以不能忘記的印象。

一家一家的瓦上，都蓋上了薄薄的晨霜。枯樹枝頭，也有幾處似金剛石般地在反射著剛離地平線不遠的朝陽光線。村道上來往的人，並不見多，但四散著的人家煙突裏，卻已都在放出同天的顏色一樣的炊煙來了。隔江的山影，因為日光還沒有正射著的緣故，濃黑得可怕，但朝南的一面曠地裏，卻已經灑滿了金黃的日色和長長的樹影之類。文樸走到了江邊，埠頭還不見有一個候船的在等著，向一位剛自江裏挑了一擔水起來的工人問了一聲，知道輪船的到來，總還有一個鐘頭的光景。

文樸呆呆地在埠頭立了幾分鐘，舉頭便向徐竹園先生的那所高大的房屋一望，看見他們的朝東的一道白牆頭上，也已經曬上太陽了。

「大約像他老先生那樣舒徐渾厚的人物，現在總也不多了吧？這竹園先生，也許是舊時代的這種人物的最後一個典型！」

心裏這樣的想著，他腦裏忽而想起了昨晚上所談的一宵閒話。

「像這一種夜談的情景，卻也是不可多得的。龔定庵所說的『小屏紅燭話冬心』，趣味哪裡有這樣的悠閒雋永。」

「小屏——紅燭——話——冬心！」「小屏——紅燭——話——冬心！」茫然在口裏這樣輕輕念了幾句，他的面前，卻忽而又閃出了一個年紀很輕的挑水的人來。那少年對他望了幾眼，他倒覺得有點難爲情起來了，踏上了一步，就只好借點因頭來遮蓋遮蓋自己的那一種獨立微吟的蠢相。

「小弟弟，要看姐妹山，應該是怎麼樣的走的？」

「只教沿著岸邊，朝上直跑上去就對。」

「謝謝你。」

文樸說了這一句謝詞，沿江在走向姐妹山去的中間，那少年還呆立在埠頭的朝陽裏，在默視著這位瘋不像瘋，痴不像痴的清瘦的中年人的背影。

一九三二年九月

注釋

①本篇最初發表於一九三二年十一月一日《現代》第二卷第一期，有作者附注：這一篇短篇，是《煙影》（《寒灰集》）、《紙幣的跳躍》（《薇蕨集》）兩篇的續篇。

煙影①

一

每天想回去，想回去，但一則因爲咳血咳得厲害，怕一動就要發生意外；二則因爲幾個稿費總不敷分配的原因，終於在上海的一間破落人家的前樓裏住下了的文樸，這一天午後，又無情無緒地在秋陽和暖，灰土低翔的康腦脫馬路上試他的孤獨的慢步。

以節季而論，這時候晚秋早已過去，閏年的十月，若在北方，早該是冰凍天寒，朔風狂雪在橫施暴力的時候，而這江南一廓，卻依舊是秋光澄媚，日暖風和，就是道旁的兩排阿葛西亞，樹葉也還沒有脫盡。四面空地裏的雜草，也不過顏色有點枯黃，別致的人家的籬落，還有幾處青色，在那裏迎送斜陽哩！

然而時間的痕跡，終於看得出來。道路兩旁的別墅前頭的白楊綠竹；漸離塵市，漸漸增加起來的隙地上的衰草斜陽；和路上來往的幾個行人身上的服飾，無一點不在表現殘秋的凋落。文樸慢慢地向西走去，轉了幾個彎，看看兩旁新築的別莊式的洋房漸漸稀少起來了，就想回轉腳步，尋出原來的路來，走回家去。

回頭轉來，從一條窄狹的，兩邊有一丈來高的竹籬夾住的小路穿過，又走上一條斜通東西的大道上的時候，前面遠遠的忽而飛來了一乘蛋白色的新式小汽車。文樸拿出手帕來掩住口鼻，把身子打側，穩穩的站在路旁，想讓汽車過去，但是出乎他意料之外，那乘汽車，突然的在離他五六尺路的地方停住了。同時從車座上「噢，老文，你在這裏幹什麼？」的叫了一聲，文樸平時走路——尤其是在田野裏散步——的時候，總和夢遊病者一樣，眼睛凝視著前面的空處，注意力全部內向，被吸收在漫無聯絡的空想中間；視野裏非有印象特別深刻的對象，譬如很美麗的自然風景，極雅致的建築或十分嬌豔的異性之類，斷不能喚醒他的幻夢的，所以這一回忽而聽到了汽車裏的呼聲，文樸倒吃了一驚，把他半日來的一條思索的線路打斷了。

「噢，你也在上海麼？幾時出京的？」

文樸的清瘦的面上同時現出了驚異和欣喜的神情，含了一臉枯寂的微笑，急遽地問了一聲；問後他馬上搶上前去，伸出手來去捏他朋友的一隻套著皮手套的右手。

「你怎麼也到上海來了呢？聽說你在××，幾時到這裏的？現在住在什麼地方？」

文樸被他朋友一問，倒被問得臉上有點紅熱起來了。因爲他這一次在××大學教書，係受了兩三個被人收買了的學生的攻擊，同逃也似的跑到上海來的。到上海之後，他本來想馬上回北京去，但事不湊巧，年年不息的內戰，又在津浦沿線勃發了。姦淫擄掠，放火殺人，在在皆是，那些匪不像匪，兵不像兵的東西，惡毒性成，決不肯放一個老百姓，平安地行旅過路的。況平日裏講話不謹慎的文樸，若冒了鋒鏑，往北進行，那這時候恐難免不爲亂兵所殺戮。本來生死的問題，由文樸眼裏看來，原也算不得一回什麼了不得的大事。但一樣的死，他卻希望死在一個美人的懷裏，或者也應該於月白風清的中夜，死在波光容與的海上。被這些比禽獸還不如的中國軍人來砍殺，他以爲還不如被一條毒蛇來咬死的時候，更光榮些。因此被他的在上海的幾位窮朋友一勸，他也就貓貓虎虎的住下了。現在受了他半年餘不見的老友的這一問，提醒了他目下的進退兩難的境況，且使他回想起了一個月前頭，幾個兇惡的學生趕他的情形，他心裏又覺得害羞，又覺得難過，所以只是默默的笑著，不回答一句話。

他的朋友知道他的脾氣，所以也不等他的回話，就匆促地繼續問他說：

「你近來身體怎麼樣？怎麼半年多一點不見，就瘦得這一個樣兒？我看你的背脊也有點駝了。喂，老文，兩三年前的你的鬧酒的元氣，上哪裡去了？」

文樸聽了他老友的這一番責備不像責備，慰問不像慰問的說話，心裏愈是難過，喉舌愈覺得乾硬了。舉起了一雙潮潤的眼睛，呆看著他朋友的很壯健的臉色，他只好仍舊維持著他那一臉悲涼的微笑，默默地不作一聲。他的朋友把車門開了，讓他進去同坐，他只是搖搖頭，不肯進去。到後來他的朋友沒有方法，就只好把車擱在道旁跳下來和他走了一段，作了些懷舊之談，漸漸地引他談到他現在的經濟狀況上去。文樸起初還不肯說，經他朋友屢次三番的盤詰，他才把現在　時橫豎不能北上，但很想乘此機會回浙江的故里去休養休養；可是他的經濟狀況，又不許可的話說了。

他的朋友還沒有把這一段話聽完之先，就很不經意地從褲子袋裏摸出了一個煙盒子來獻給他看：

「你看這盒子怎麼樣？」

一邊說著，一邊他就開了盒子，拿了一枝香煙出來。隨即把盒子蓋上，遞給文樸之後，他又從另外的褲腳袋裏摸出一個石油火盒來點火吸煙。文樸看了這銀質鑲金的煙盒，心裏倒也很覺得可愛，但從吐血的那一天起，因爲怕咳，不十分吸煙，所以空空把盒子玩了一回，並不開起蓋子拿煙來吸，又把這盒子交還了他的朋友，他朋友對他笑了一笑，向天噴了一口青煙，輕輕地對他說：

「這煙盒你該認得吧？是密斯李送我的。現在她已經嫁了，我留在這裏，倒反加添我的懊惱，請你爲我保留幾天，等下次見面的時候，你再還我，或者簡直永久地請你保管過去也好。」

文樸手裏拿了煙盒，和他朋友一邊談話，一邊走回汽車停著的地方去。他的朋友因爲午後有一位外國小姐招他去吃茶，所以於這時候一個人坐汽車出來的。外國小姐的住宅，去此地也不遠了。到了汽車旁邊，他朋友又強要文樸和他一塊兒去，文樸執意不肯，他的朋友也就上車向前開了。開了兩步他朋友又止住了車，回頭來叫文樸說：

「煙盒的夾層裏，還有幾張票子在那裏，請你先用——」

話還沒有說完，他的汽車卻突突的向前飛奔開走了。文樸呆呆的向西站住了腳，只見夕陽影裏起了一層透明灰白的飛塵，汽車的響聲漸漸地幽了下去，汽車的影子也漸漸地小下去了。

二

文樸的朋友，本來是英國倫敦大學的畢業生，回國以後，就在北京××銀行當會計主任。朋友的父親，也是民國以來，許多總長中間的一個。在北京的時候，文樸常和他上胡同裏去玩，因此二人的交情，一時也很親密。不過文樸自出京上××城以來，半年多和他還沒有通過一封信，這一次忽漫相逢，在夕陽晼晚的途中，又在人事常遷的上海，照理文樸應該是十分的喜悅，至少也應該和他在這十里洋場裏大喝大鬧的玩幾天的，但是既貧且病的文樸，目下實在沒有這樣的興致了。

文樸慢慢地走近寓所的時候，短促的冬日，已將墜下山去了，西邊的天上，散滿了紅霞。他寓所附近的街巷裏，也滿擠著了些從學校裏回家的小孩和許多從××書局裏散出來的賣知識的工人。天空中起了寒風，從他的腳下，吹起了些泊拉丹奴斯的敗葉和幾陣灰土來，文樸的心裏，不知不覺的感著了一種日暮的悲哀，就在街上的寒風裏站住了。過了一會，看見對面酒店裏上了電燈，他也就輕輕地摸上他租在那裏的那間前樓來，想倒在床上，安息一下，可是四面散放在那裏的許多破舊的書籍，和遠處不知從何處飛來的一陣嘈雜的市聲，使他不住地回憶到少年時候的他故里的景象上去。把懷中的鐵表拿出來一看，去六點鐘尚有三刻多鐘，又於無意之中，把他朋友留給他的銀盒打開來看時，夾層裏，果然有五十餘元的紙幣插在裏頭。他的平穩的腦裏忽而波動起來了。不待第二次的思索，他就從床上站了起來，換了幾件衣服，匆促下樓，一雇車就跑上滬寧火車站去趕乘杭州的夜快車去。

三

在刻板的時間裏夜快車到了杭州，又照刻板的樣子下了客店，第二天的旁午，文樸的清影，便在倒溯錢塘江而上的小汽船上逍遙了。

富春江的山水，實在是天下無雙的妙景。要是中國人能夠稍爲有點氣魄，不是年年爭鬭互殺，那麼恐怕瑞士一國的買賣，要被這杭州一帶的居民奪盡。大家只知道西湖的風景好，殊不知去杭州幾十里，逆流而上的錢塘江富春江上的風光，才是天下的絕景哩！嚴子陵的所以不出來做官的原因，一半雖因爲他的夫人比陰麗華還要美些，然而一大半也許因爲這富春江的山水，夠使他看不起富貴神仙的緣故。

一江秋水，依舊是澄藍澈底。兩岸的秋山，依舊在嫋娜迎人。蒼江幾曲，就有幾簇葦叢，幾灣村落，在那裏點綴。你坐在輪船艙裏，只須抬一抬頭，劈面就有江岸烏桕樹的紅葉和去天不遠的青山向你招呼。

到上海之後，吐血吐了一個多月，豪氣消磨殆盡，連伸一個懶腰都怕背脊骨脫損的文樸，忽而身入了這個比圖畫還優美的境地，也覺得胸前有點生氣回復轉來了。

他斜靠著欄杆，舉頭看看靜肅的長空，又放眼看看四面山上的濃淡的摺痕，更向清清的江水裏，吐了幾口帶血的濃痰，就覺得當年初從外國回來的時候的興致，又勃然發作了。但是這一種童心的來復，也不過是暫時的現象，到了船將要近他的故里的時候，他的心境，又忽而灰頽了起來。他想起了幾百年來的傳習緊圍著的他的家庭，想起了年老好管閒事的他的母親，想起了鄉親的種種麻煩的糾葛，就不覺打了幾個寒噤，把頭接連向左右搖了好幾次。

小汽船停了幾處，江上的風景，也換了幾回，他的在遠地的時候，總日夜在想念，而身體一到，就要使他生出恐怖和厭惡出來的故鄉近在目前了。汽笛叫了一聲，轉過山嘴，就看得見許多縱橫錯落，緊疊著的黑瓦白牆的房屋，沿江岸圍聚在那裏。計算起來，這城裏大約也有三四千家人家的光景。靠江岸一帶，樣子和二三十年前一樣，無論那一塊石頭，那一間小屋，文樸都還認得。雖則是正午已過，然而這小縣城裏，彷彿也有幾家遲起的人家，有幾處午飯的炊煙，還在晴空裏繚繞。

文樸臉上，仍復是含了悲涼的微笑，在慢慢的跟著了下船的許多人，走上碼頭，走回家去。文樸的家，本來就離船碼頭不遠，他走到了家，從後門開了進去，只有他的一位被舊式婚姻所害，和他的哥哥永不同居的嫂嫂，坐在廚房前的偏旁起坐室裏做針線。

「呵，三叔，你回來了麼？」

她見了文樸，就這樣帶著驚喜的叫了起來。文樸對她只是笑笑，略點了一點頭，輕咳了幾聲，他才開始問嫂嫂說：

「我娘呢？」

「上新屋去監工去了。」她一邊答應，一邊就站起來，往廚下去燒茶和點心去。文樸坐著的這間起坐室，本來就在廚房前頭，只隔了一道有門的薄板壁，所以他嫂嫂雖在起火燒茶，同時也可和文樸接談。文樸從嫂嫂的口中，聽得了許多家裏的新造房屋等近事，一邊也將他自己這幾個月的生活，和病狀慢慢的報告了出來。

「北京的三嬸好麼？」

這係指去年剛搬出去住在北京的文樸的女人說的，她們妯娌兩個，從去年不見以後，相隔也差不多有一年了。文樸聽了他嫂嫂的這一問，忽而驚震了一下。因爲他自從××大學被逐，逃到上海之後，足有兩個多月，還沒有接到他女人的一封信過。他想到了在北京的一家的開銷，和許久沒有錢匯回去的事情，面上竟現出了一層慘澹的表情來。幸而他嫂嫂在廚下，看不出他的面色，所以停了一會，他才把國內戰爭劇烈，資訊不通的事情說了。

半天的興奮，使文樸於喝了幾口茶，吃了一點點心之後，感到了疲倦，就想上樓去睡去。那樓房本來是他和他女人還住在家裏的時候的臥室。結婚也在這一間房裏結的。他成年的飄流在外頭，他的女人活守著空閨，白天侍候他的母親，晚上一個人在燈下抱了小孩灑淚的痕跡，在灰黑的牆壁上，坍敗的器具上，和龐大的木床上，處處都可以看得出來。文樸看看這些舊日經他女人用過的器具，和壁上還掛在那裏的一張她的照相，心裏就突然的酸了起來。他癡坐在床沿上，盡在呆看著前面的玻璃窗外的午後的陽光，把睡魔也驅走了。他覺得和他那可憐的女人是永也不能再見，而這一間空房，彷彿是她死後還沒有人進來過的樣子。一層冷寞的情懷和一種沉悶的氛圍氣，重重的壓上他的心來了。

四

文樸在那間臥房裏呆呆的坐在那裏出神，不曉得經了好久，他才聽見樓下彷彿是他母親回來的樣子，嫂嫂在告訴她說：「三叔回來了，睡在樓上。」

文樸聽了，倒把心定了一定，嘆了一口氣，就從他的淒切的回憶世界裏醒了過來。面上裝著了他特有的那種悲涼的笑容，他就向樓下叫了一聲「娘！」這時候他才知道冬天的一日已經向晚，房內有點黝黑起來了。

走下了樓，洗了手臉，還沒有坐下，他母親就問他這一回有沒有錢帶回來。他聽了又笑了一笑對她說：

「錢倒是有的，可是還存在銀行裏。」

「那麼可以去取的呀！」

「這錢麼，只有人家好取，而我自家是取不動的，哈哈……」

文樸強裝的笑了半面，看看他母親的神氣不對，就沉默了下去。

晚飯的時候，文樸和他的母親，在洋燈下對酌。他替母親斟上了幾杯酒之後，她的脾氣又發了。

「樸呀，樸，你自家想想看，我年紀也老了……你在外邊掙錢掙得很多，我哪裡看見你有一個錢拿回來過？……你自己也要做父母的，倘使你培植了一個兒女，到了掙錢的時候把你丟開，你心裏好過不好過？……你爸爸死的時候……你還只是軟頭貓那麼的一隻！……你這一種情節這一種情節大約大約總不在那裏回想想看的吧！……」

文樸還只是含了微笑，一聲也不響，低了頭，拚命的在喝酒，一邊看見他母親的酒杯乾了，他就替她斟上。她一邊喝，一邊講的話更加多起來了：

「樸呀，樸，我還有幾年好活？人有幾個六十歲？……你……你有對你老婆的百分之一的心對待我，怕老天爺還要保佑你多掙幾個錢哩！……」

文樸這時候酒也已經有點醉了，臉上的笑容，漸漸的收斂了起來，臉色也有點青起來了。他額上的一條青筋漲了出來，兩邊臉上連著太陽窩的幾條筋，盡在那裏抽動。他母親還在繼續她的數說：

「樸呀，樸，你的兒子，可以不必要他去讀書的，……我在痛你呀，我怕你將來把兒子培植大了之後，也和我一樣的吃苦呀！……你的女人……」

文樸聽見她提起了他的女人來，心裏也無端的起了一種悲感，彷彿在和他對酌的，並不是他的母親，她所數說的，也並不是他自己的事情。他只覺得面前有一個人在那裏說，世上有怎樣怎樣的一個男人和怎樣怎樣的一個女人，在那裏受怎樣怎樣的生離之苦。將這一對男女受苦的情形，確鑿的在心眼上刻畫了一回，他忽而哇的一聲哭了出來，被自家的哭聲驚醒了醉夢，他便舉目看了他母親一眼。從珠簾似的眼淚裏看過去，他只見了許多從淚珠裏反映出來的燈火，和一張小小的，皺紋很多的母親的歪了的臉。他覺得他的老母，好像也受了酒的薰蒸，在那裏哭泣。從坐位裏站了起來，輕輕走上他母親的身邊，他把一隻手按在她的肩上，一隻手拍著她的背，含了淚聲，繼續地勸慰她說：

「娘！好啦，……好啦，飯……飯冷了，……您吃飯，……您……您吃飯吧！……」

這時候他們屋外的狹巷裏，正有一個更夫走過，在擊柝聲裏，文樸聽見銅鑼鏜鏜的敲了兩下。

一九二六年三月十六日

注釋

①本篇最初發表於一九二六年四月廿五日《東方雜誌》第廿三卷第八號。

過去①

空中起了涼風，樹葉刹刹的同雹片似的飛掉下來，雖然是南方的一個小港市裡，然而也很能夠使人感到冬晚的悲哀的一天晚上，我和她，在臨海的一間高樓上吃晚飯。

這一天的早晨，天氣很好，中午的時候，只穿得住一件夾衫，但到了午後三四點鐘，忽而由北面飛來了幾片灰色的層雲，把太陽遮住，接著就刮起風來了。

這時候，我爲療養呼吸器病的緣故，只在南方的各港市裡流寓。十月中旬，由北方南下，十一月初到了C省城，恰巧遇著了C省的政變，東路在打仗，省城也不穩，所以就遷到H港去住了幾天。後來又因爲H港的生活費太昂貴，便又坐了汽船，一直的到了這M港市。

說起這M港，大約是大家所知道的，是中國人應許外國人來互市的最初的地方的一個，所以這港市的建築，還帶著些當時的時代性，很有一點中古的遺意。前面左右是碧油油的海灣，港市中，也有一座小山，三面濱海的通衢裏，建築著許多顏色很沉鬱的洋房。商務已經不如從前的盛了，然而富室和賭場很多，所以處處有庭園，處處有別墅。沿港的街上，有兩列很大的榕樹排列在那裏。在榕樹下的長椅上休息著的，無論中國人外國人，都帶有些舒服的態度。正因爲商務不盛的原因，這些南歐的流人，寄寓在此地的，也沒有那一種殖民地的商人的緊張橫暴的樣子。一種衰頽的美感，一種使人可以安居下去，於不知不覺的中間消沉下去的美感，在這港市的無論哪一角地方，都感覺得出來。我到此港不久，心裏頭就暗暗地決定，「以後不再遷徙了，以後就在此地住下去吧」。誰知住不上幾天，卻又偏偏遇見了她。

實在是出乎意想以外的奇遇，一天細雨濛濛的日暮，我從西面小山上的一家小旅館內走下山來，想到市上去吃晚飯去。經過行人很少的那條P街的時候，臨街的一間小洋房的柵門口，忽而從裏面慢慢的走出了一個女人來。她身上穿著灰色的雨衣，上面張著洋傘，所以她的臉我看不見。大約是在柵門內，她已經看見了我了——因爲這一天我並不帶傘——所以我在她前頭走了幾步，她忽而問我：

「前面走的是不是李先生？李白時先生！」

我一聽了她叫我的聲音，彷彿是很熟，但記不起是哪一個了，同觸了電氣似的急忙回轉頭來一看，只看見了襯映在黑洋傘上的一張灰白的小臉。已經是夜色朦朧的時候了，我看不清她的顏面全部的組織；不過她的兩隻大眼睛，卻閃爍得厲害，並且不知從何處來的，和一陣冷風似的一種電力，把我的精神搖動了一下。

「你……？」我半吞半吐地問她。

「大約認不清了吧！上海民德里的那一年新年，李先生可還記得？」

「噢！唉！你是老三麼？你何以會到這裏來的？這真奇怪！這真奇怪極了！」

說話的中間，我不知不覺的轉過身來逼進了一步，並且伸出手來把她那隻帶輕皮手套的左手握住了。

「你上什麼地方去？幾時來此地的？」她問。

「我打算到市上去吃晚飯去，來了好幾天了，你呢？你上什麼地方去？」

她經我一問，一時間回答不出來，只把嘴顎往前面一指，我想起了在上海的時候的她的那種怪脾氣，所以就也不再追問，和她一路的向前邊慢慢地走去。兩人並著默走了幾分鐘，她才幽幽的告訴我說：

「我是上一位朋友家去打牌去的，真想不到此地會和你相見。李先生，這兩三年的分離，把你的容貌變得極老了，你看我怎麼樣？也完全變過了吧？」

「你倒沒什麼，唉，老三，我嚇，我真可憐，這兩三年來……」

「這兩三年來的你的消息，我也知道一點。有的時候，在報紙上也看見過一二回你的行蹤。不過李先生，你怎麼會到此地來的呢？這真太奇怪了。」

「那麼你呢？你何以會到此地來的呢？」

「前生注定是吃苦的人，譬如一條水草，浮來浮去，總生不著根，我的到此地來，說奇怪也是奇怪，說應該也是應該的。李先生，住在民德里樓上的那一位胖子，你可還記得？」

「嗯，……是那一位南洋商人不是？」

「哈，你的記性真好！」

「他現在怎麼樣了？」

「是他和我一道來此地呀！」

「噢！這也是奇怪。」

「還有更奇怪的事情哩！」

「什麼？」

「他已經死了！」

「這……這麼說起來，你現在只剩了一個人了啦？」

「可不是麼！」

「唉！」

兩人又默默地走了一段，走到去大市街不遠的三叉路口了。她問我住在什麼地方，打算明天午後來看我。我說還是我去訪她，她卻很急促的警告我說：

「那可不成，那可不成，你不能上我那裏去。」

出了P街以後，街上的燈火已經很多，並且行人也繁雜起來了，所以兩個人沒有握一握手，笑一笑的機會。到了分別的時候，她只約略點了一點頭，就向南面的一條長街上跑了進去。

經了這一回奇遇的挑撥，我的平穩得同山中的靜水湖似的心裏，又起了些波紋。回想起來，已經是三年前的舊事了，那時候她的年紀還沒有二十歲，住在上海民德里我在寄寓著的對門的一間洋房裏。這一間洋房裏，除了她一家的三四個年輕女子以外，還有二樓上的一家華僑的家族在住。當時我也不曉得誰是房東，誰是房客，更不曉得她們幾個姐妹的生計是如何維持的。只有一次，是我和他們的老二認識以後，約有兩個月的時候，我在他們的廂房裏打牌，忽而來了一位穿著很闊綽的中老紳士，她們為我介紹，說這一位是他們的大姐夫。老大見他來了，果然就拋棄了我們，到對面的廂房裏去和他攀談去了，於是老四就坐下來替了她的缺。聽她們說，她們都是江西人，而大姐夫的故鄉卻是湖北。他和她們大姐的結合，是當他在九江當行長的時候。

我當時剛從鄉下出來，在一家報館裏當編輯。民德里的房子，是報館總經理友人陳君的住宅。當時因為我上海情形不熟，不能另外去租房子住，所以就寄住在陳君的家裏。陳家和她們對門而居，時常往來，因此我也於無意之中，和她們中間最活潑的老二認識了。

聽陳家的底下人說：「她們的老大，彷彿是那一位銀行經理的小。她們一家四口的生活費，和她們一位弟弟的學費，都由這位銀行經理負擔的。」

她們姐妹四個，都生得很美，尤其活潑可愛的，是她們的老二。大約因為生得太美的原因，自老二以下，她們姐妹三個，全已到了結婚的年齡，而仍找不到一個適當的配偶者。

我一邊在回想這些過去的事情，一邊已經走到了長街的中心，最熱鬧的那一家百貨商店的門口了。在這一個黃昏細雨裏，只有這一段街上的行人還沒有減少。兩旁店家的燈火，照耀得很明亮，反照出了些離人的孤獨的情懷。向東走盡了這條街，朝南一轉，右手矗立著一家名叫望海的大酒樓。這一家的三四層樓上，一間一間的小室很多，開窗看去，看得見海裏的帆檣，是我到M港後，去得次數最多的一家酒館。

我慢慢的走到樓上坐下，叫好了酒菜，點著煙卷，朝電燈光呆看的時候，民德里的事情又重新開展在我的眼前。

她們姐妹中間，當時我最愛的是老二。老大已經有了主顧，對她當然更不能生出什麼邪念來，老三有點陰鬱，不像一個年輕的少女，老四年紀和我相差太遠——她當時只有十六歲——自然不能發生相互的情感，所以當時我所熱心崇拜的，只有老二。

她們的臉形，都是長方，眼睛都是很大，鼻樑都是很高，皮色都是很細白，以外貌來看，本來都是一樣的可愛的。可是各人的性格，卻相差得很遠。老大和藹，老二活潑，老三陰鬱，老四——說不出什麼，因爲當時我並沒有對老四注意過。

老二的活潑，在她的行動，言語，嬉笑上，處處都在表現。凡當時在民德里住的年紀在二十七八上下的男子，和老二見過一面的人，總沒一個不受她的播弄的。

她的身材雖則不高，然而也夠得上我們一般男子的肩頭，若穿著高底鞋的時候，走路簡直比西洋女子要快一倍。說話不顧什麼忌諱，比我們男子的同學中間的日常言語還要直率。若有可笑的事情被她看見，或在談話的時候，聽到一句笑話，不管在她面前的是生人不是生人，她總是露出她的兩列可愛的白細牙齒，彎腰捧肚，笑個不了，有時候竟會把身體側倒，撲倚上你的身來。陳家有幾次請客，我因爲受她的這一種態度的壓迫受不了，每有中途逃席，逃上報館去的事情。因此我在民德里住不上半年，陳家的大小上下，卻爲我取了一個別號，叫我作老二的雞娘。因爲老二像一隻雄雞，有什麼可笑的事情發生的時候，總要我做她的倚柱，撲上身來笑個痛快。並且平時她總拿我來開玩笑，在眾人的面前，老喜歡把我的不靈敏的動作和我說錯的言語重述出來作哄笑的資料。不過說也奇怪，她像這樣的玩弄我，輕視我，我當時不但沒有恨她的心思，並且還時以爲榮耀，快樂。

我當一個人在默想的時候，每把這些瑣事回想出來，心裏倒反非常感激她，愛慕她。後來甚至於打牌的時候，她要什麼牌，我就非打什麼牌給她不可。萬一我有違反她命令的時候，她竟毫不客氣地舉起她那隻肥嫩的手，啪啪的打上我的臉來。而我呢，受了她的痛責之後，心裏反感到一種不可名狀的滿足，有時候因爲想受她這一種施與的原因，故意地違反她的命令，要她來打，或用了她那一隻尖長的皮鞋腳來踢我的腰部。若打得不夠踢得不夠，我就故意的說：「不痛！不夠！再踢一下！再打一下！」她也就毫不客氣地，再舉起手來或腳來踢打。我被打得兩頰緋紅，或腰部感到酸痛的時候，才柔柔順順地服從她的命令，再來做她想我做的事情。像這樣的時候，倒是老大或老三每在旁邊喝止她，教她不要太過分了，而我這被打責的，反而要很誠懇的央告她們，不要出來干涉。

記得有一次，她要出門去和一位朋友吃午飯；我正在她們家裏坐著閒談，她要我去上她姐姐房裏把一雙新買的皮鞋拿來替她穿上。這一雙皮鞋，似乎太小了一點，我捏了她的腳替她穿了半天，才穿上了一隻。她氣得急了，就舉起手來，向我的伏在她小腹前的臉上，頭上，脖子上亂打起來。

我替她穿好第二隻的時候，脖子上已經有幾處被她打得青腫了。到我站起來，對她微笑著，問她「穿得怎麼樣」的時候，她說：「右腳尖有點痛！」我就挺了身子，很正經地對她說：

「踢兩腳吧！踢得寬一點，或者可以好些！」

說到她那雙腳，實在不由人不愛。她已經有二十多歲了，而那雙肥小的腳，還同十二三歲的小女孩的腳一樣。我也曾為她穿過絲襪，所以她那雙肥嫩皙白，腳尖很細，後跟很厚的肉腳，時常要作我的幻想的中心。從這一雙腳，我能夠想出許多離奇的夢境來。譬如在吃飯的時候，我一見了粉白油潤的香稻米飯，就會聯想到她那雙腳上去。「萬一這碗裏，」我想，「萬一這碗裏盛著的，是她那雙嫩腳，那麼我這樣的在這裏咀吮，她必要感到一種奇怪的癢痛。假如她橫躺著身體，把這一雙肉腳伸出來任我咀吮的時候，從她那兩條很曲的口唇線裏，必要發出許多真不真假不假的喊聲來。或者轉起身來，也許狠命的在頭上打我一下的……」我一想到此地飯就要多吃一碗。

像這樣活潑放達的老二，像這樣柔順蠢笨的我，這兩人中間的關係，在半年裏發生出來的這兩人中間的關係，當然可以想見得到了。況我當時，還未滿二十七歲，還沒有娶親，對於將來的希望，也還很有自負心哩！

當在陳家起坐室裏說笑話的時候，我的那位友人的太太，也曾向我們說起過：

「老二，李先生若做了你的男人，那他就天天可以替你穿鞋著襪，並且還可以做你的出氣筒，白天晚上，都可以受你的踢打，豈不很好麼？」

老二聽到這些話，總老是笑著，對我斜視一眼說：

「李先生不行，太笨，他不會侍候人。我倒很願意受人家的踢打，只教有一位能夠命令我，教我心服的男子就好了。」

在這樣的笑談之後，我心裏總滿感著憂鬱，要一個人跑到馬路去走半天，才能把胸中的鬱悶遣散。

有一天禮拜六的晚上，我和她在大馬路市政廳聽音樂出來。老大老三都跟了一位她們大姐夫的朋友看電影去了。我們走到一家酒館的門口，忽而吹來了兩陣冷風。這時候正是九十月之交的晚秋的時候，我就拉住了她的手，顫抖著說：

「老二，我們上去吃一點熱的東西再回去吧！」

她也笑了一笑說：「去吃點熱酒吧！」

我在酒樓上吃了兩杯熱酒之後，把平時的那一種木訥怕羞的態度除掉了，向前後左右看了一看，看見空洞的樓上，一個人也沒有，就挨近了她的身邊對她媚視著，一邊發著顫聲，一句一逗的對她說：

「老二！我……我的心，你可能瞭解？我，我，我很想……很想和你長在一塊兒！」

她舉起眼睛來看了我一眼，又曲了嘴唇的兩條線在口角上含著播弄人的微笑，回問我說：

「長在一塊便怎麼啦？」

我大了膽，便攏過嘴去和她親了一個嘴，她竟劈面的打了我一個嘴巴。樓下的夥計，聽了啪的這一聲大響聲，就急忙的跑了上來，問我們：「還要什麼酒菜？」我忍著眼淚，還是微微地笑著對夥計說：

「不要了，打手巾來！」

等到夥計下去的時候，她仍舊是不改常態的對我說：「李先生，不要這樣！下回你若再幹這些事情，我還要打得凶哩！」

我也只好把這事當作了一場笑話，很不自然地把我的感情壓住了。

凡我對她的這些感情，和這些感情所催發出來的行爲動作，旁人大約是看得很清楚的。所以老三雖則是一個很沉鬱，脾氣很特別，平時說話老是陰陽怪氣的女子，對我與老二中間的事情，有時卻很出力的在爲我們拉攏。有時見了老二那一種打得我太狠，或者嘲弄得我太難堪的動作，也著實爲我打過幾次抱不平，極婉曲周到地說出話來非難過老二。而我這不識好醜的笨伯，當這些時候心裏頭非但不感謝老三，還要以爲她是多事，出來干涉人家的自由行動。

在這一種情形之下，我和她們四姐妹，對門而住，來往交際了半年多。那一年的冬天，老二忽然與一個新自北京來的大學生訂婚了。

這一年舊曆新年前後的我的心境，當然是惑亂得不堪，悲痛得非常。當沉悶的時候，邀我去吃飯，邀我去打牌，有時候也和我兩人去看電影的，倒是平時我所不大喜歡，常和老二兩人叫她做陰私鬼的老三。而這一個老三，今天卻突然的在這個南方的港市裡，在這一個細雨濛濛的秋天的晚上，偶然遇見了。

想到了這裏，我手裏拿著的那枝紙煙，已經燒剩了半寸的灰燼，面前杯中倒上的酒，也已經冷了。糊裏糊塗的喝了幾口酒，吃了兩三筷菜，夥計又把一盤生翅湯送了上來。我吃完了晚飯，慢慢的冒雨走回旅館來，洗了手臉，換了衣服，躺在床上，翻來覆去，終於一夜沒有合眼。我想起了那一年的正月初二，老三和我兩人上蘇州去的一夜旅行。我想起了那一天晚上，兩人默默的在電燈下相對的情形。我想起了第二天早晨起來，她在她的帳子裏叫我過去，爲她把掉在地下的衣服撿起來的聲氣。然而我當時終於忘不了老二，對於她的這種種好意的表示，非但沒有回報她 二，並且簡直沒有接受她的餘裕。兩個人終於白旅行了一次，感情終於沒有接近起來，那一天午後，就匆匆的依舊同兄妹似的回到上海來了。

過了元宵節，我因爲胸中苦悶不過，便在報館裏辭了職，和她們姐妹四人，也沒有告別，一個人連行李也不帶一件，跑上北京的冰天雪地裏去，想去把我的過去的一切忘了。把我的全部煩悶葬了。嗣後兩三年來，東飄西泊，卻還沒有在一處住過半年以上。無聊之極，也學學時髦，把我的苦悶寫出來，做點小說賣賣。然而於不知不覺的中間，終於得了呼吸器的病症。現在飄流到了這極南的一角，誰想得到再會和這老三相見於黃昏的路上的呢！啊，這世界雖說很大，實在也是很小，兩個浪人，在這樣的天涯海角，也居然再能重見，你說奇也不奇。我想前想後，想了一夜，到天色有點微明，窗下有早起的工人經過的時候，方才昏昏地睡著。也不知睡了幾久，在夢裏忽而聽到幾聲咯咯的叩門聲。急忙夾著被條，坐起來一看，夜來的細雨，已經晴了，南窗裏有兩條太陽光線，灰黃黃的曬在那裏。我含糊地叫了一聲：「進來！」而那扇房門卻老是不往裏開。再等了幾分鐘，房門還是不向裏開，我才覺得奇怪了，就披上衣服，走下床來。等我兩腳剛立定的時候，房門卻慢慢的開了。跟著門進來的，一點兒也不錯，依舊是陰陽怪氣，含著半臉神秘的微笑的老三。

「啊，老三！你怎麼來得這樣早？」我驚喜地問她。

「還早麼？你看太陽都斜了啊！」

說著，她就慢慢地走進了房來，向我的上下看了一眼，笑了一臉，就彷彿害羞似的去窗面前站住，望向窗外去了。

窗外頭夾一重走廊，遙遙望去，底下就是一家富室的庭園，太陽很柔和的曬在那些未凋落的槐花樹和雜樹的枝頭上。

她的裝束和從前不同了。一件芝麻呢的女外套裏，露出了一條白花絲的圍巾來，上面穿的是半西式的八分短襖，裙子係黑印度緞的長套裙。一頂淡黃綢的女帽，深蓋在額上，帽子的捲邊下，就是那一雙迷人的大眼，瞳人很黑，老在凝視著什麼似的大眼。本來是長方的臉，因爲有那頂帽子深覆在眼上，所以看去彷彿是帶點圓味的樣子。

兩三年的歲月，又把她那兩條從鼻角斜拖向口角去的紋路刻深了。蒼白的臉色，想是昨夜來打脾辛苦了的原因。本來是中等身材不肥不瘦的軀體，大約是我自家的身體縮矮了吧，看起來彷彿比從前高了一點。她背著我呆立在窗前。我看看她的肩背，覺得是比從前瘦了。

「老三，你站在那裏幹什麼？」我扣好了衣裳，向前挨近了一步，一邊把右手拍上她的肩去，勸她脫外套，一邊就這樣問她。

她也前進了半尺，把我的右手輕輕地避脫，朝過來笑著說：

「我在這裏算賬。」

「一清早起來就算賬？什麼賬？」

「昨晚上的贏賬。」

「你贏了麼？」

「我哪一回不贏？只有和你來的那回卻輸了。」

「噢，你還記得那麼清？輸了多少給我？哪一回？」

「險些兒輸了我的性命！」

「老三！」

「……」

「你這脾氣還沒有改過，還愛講這些死話。」

以後她只是笑著不說話，我拿了一把椅子，請她坐了，就上西角上的水盆裏去漱口洗臉。

一忽兒她又叫我說：

「李先生！你的脾氣，也還沒有改過，老愛吸這些紙煙。」

「老三！」

「……」

「幸虧你還沒有改過，還能上這裏來。要是昨天遇見的是老二哩，怕她是不肯來了。」

「李先生，你還沒有忘記老二麼？」

「彷彿還有一點記得。」

「你的情義真好！」

「誰說不好來著！」

「老二真有福分！」

「她現在在什麼地方？」

「我也不知道，好久不通信了，前二三個月，聽說還在上海。」

「老大老四呢？」

「也還是那一個樣子，仍復在民德里。變化最多的，就是我呀！」

「不錯，不錯，你昨天說不要我上你那裏去，這又爲什麼來著？」

「我不是不要你去，怕人家要說閒話。你應該知道，阿陸的家裏，人是很多的。」

「是的，是的，那一位華僑姓陸吧。老三，你何以又會看中了這一位胖先生的呢？」

「像我這樣的人，那裏有看中看不中的好說，總算是做了一個怪夢。」

「這夢好麼？」

「又有什麼好不好，連我自己都莫名其妙。」

「你莫名其妙，怎麼又會和他結婚的呢？」

「什麼叫結婚呀。我不過當了一個禮物，當了一個老大和大姐夫的禮物。」

「老三！」

「……」

「他怎麼會這樣的早死的呢？」

「誰知道他，害人的。」

因爲她說話的聲氣消沉下去了，我也不敢再問。等衣服換好，手臉洗畢的時候，我從衣袋裏拿出表來一看，已經是二點過了三個字了。我點上一枝煙捲，在她的對面坐下，偷眼向她一看，她那臉神秘的笑容，已經看不見一點蹤影。下沉的雙眼，口角的深紋，和兩頰的蒼白，完全把她畫成了一個新寡的婦人。我知道她在追懷往事，所以不敢打斷她的思路。默默的呼吸了半刻鐘煙。她忽而站起來說：「我要去了！」她說話的時候，身體已經走到了門口。我追上去留她，她臉也不回轉來看我一眼，竟匆匆地出門去了。我又追上扶梯跟前叫她等一等，她到了樓梯底下，才把那雙黑漆漆的眼睛向我看了一眼，並且輕輕地說：「明天再來吧！」

自從這一回之後，她每天差不多總抽空上我那裏來。兩人的感情，也漸漸的融洽起來了。可是無論如何，到了我想再逼進一步的時候，她總馬上設法逃避，或築起城堡來防我。到我遇見她之後，約莫將十幾天的時候，我的頭腦心思，完全被她攪亂了。聽說有呼吸器病的人，欲情最容易興奮，這大約是真的。那時候我實在再也不能忍耐了，所以那一天的午後，我怎麼也不放她回去，一定要她和我同去吃晚飯。

那一天早晨，天氣很好。午後她來的時候，卻熱得厲害。到了三四點鐘，天上起了雲障，太陽下山之後，空中刮起風來了。她彷彿也受了這天氣變化的影響，看她只是在一陣陣的消沉下去，她說了幾次要去，我拚命的強留著她，末了她似乎也覺得無可奈何，就俯了頭，盡坐在那裏默想。

太陽下山了，房角落裏，陰影爬了出來。南窗外看見的暮天半角，還帶著些微紫色。同舊棉花似的一塊灰黑的浮雲，靜靜地壓到了窗前。風聲嗚嗚的從玻璃窗裏傳透過來，兩人默坐在這將黑未黑的世界裏，覺得我們以外的人類萬有，都已經死滅盡了。在這個沉默的，向晚的，暗暗的悲哀海裏，不知沉浸了幾久，忽而電燈像雷擊似的放光亮了。我站起了身，拿了一件我的黑呢舊斗篷，從後邊替她披上；再伏下身去，用了兩手，向她的胛下一抱，想乘勢從她的右側，把頭靠向她的頰上去的，她卻同夢中醒來似的驀地站了起來，用力把我一推。我生怕她要再跑出門，跑回家去，所以馬上就跑上房門口去攔住。她看了我這一種混亂的態度，卻笑起來了。雖則兀立在燈下的姿勢還是嚴不可犯的樣子，然而她的眼睛在笑了，臉上的筋肉的緊張也鬆懈了，口角上也有笑容了。因此我就大了膽，再走近她的身邊，用一隻手夾斗篷的圍抱住她，輕輕的在她耳邊說：

「老三！你怕麼？你怕我麼？我以後不敢了，不再敢了，我們一道上外面去吃晚飯去吧！」

她雖是不響，一面身體卻很柔順地由我圍抱著。我挽她出了房門，就放開了手。由她走在前頭，走下扶梯，走出到街上去。

我們兩人，在日暮的街道上走，繞遠了道，避開那條P街，一直到那條M港最熱鬧的長街的中心止，不敢並著步講一句話。街上的燈火全都燦爛地在放寒冷的光，天風還是嗚嗚的吹著，街路樹的葉子，息索息索很零亂的散落下來，我們兩人走了半天，才走到望海酒樓的三樓上一間濱海的小室裏坐下。

坐下來一看，她的頭髮已經爲涼風吹亂；瘦削的雙頰，尤顯得蒼白，她要把斗篷脫下來，我勸她不必，並且叫夥計馬上倒了一杯白蘭地來給她喝。她把熱茶和白蘭地喝了，又用手巾在頭上臉上擦了一擦，靜坐了幾分鐘，才把常態恢復。那一臉神秘的笑和炯炯的兩道眼光，又在寒冷的空氣裏散放起電力來了。

「今天真有點冷啊！」我開口對她說。

「你也覺得冷的麼？」

「怎麼我會不覺得冷的呢？」

「我以爲你是比天氣還要冷些。」

「老三！」

「……」

「那一年在蘇州的晚上，比今天怎麼樣？」

「我想問你來著！」

「老三！那是我的不好，是我，我的不好。」

「……」

她盡是沉默著不響，所以我也不能多說。在吃飯的中間，我只是獻著媚，低著聲，訴說當時在民德里的時候的情形。她到吃完飯的時候止，總共不過說了十幾句話，我想把她的記憶喚起，把當時她對我的舊情復燃起來，然而看看她臉上的表情，卻終於是不曾爲我所動。到末了我被她弄得沒法了，就半用暴力，半用含淚的央告，一定要求她不要回去，接著就同拖也似的把她挾上了望海酒樓間壁的一家外國旅館的樓上。

夜深了，外面的風還在蕭騷地吹著。五十支的電光，到了後半夜加起亮來，反照得我心裏異常的寂寞。室內的空氣，也增加了寒冷，她還是穿了衣服，隔著一條被，朝裏床躺在那裏。我撲過去了幾次，總被她推翻了下來，到最後的一次她卻哭起來了，一邊哭，一邊又斷斷續續的說：

「李先生！我們的……我們的事情，早已……早已經結束了。那一年，要是那一年……你能

……你能夠像現在一樣的愛我，那我……我也……不會……不會吃這一種苦的。我……我……你曉得……我……我……這兩三年來……！」

說到這裏，她抽咽得更加厲害，把被窩蒙上頭去，索性任情哭了一個痛快。我想想她的身世，想想她目下的狀態，想想過去她對我的情節，更想想我自家的淪落的半生，也被她的哀泣所感動，雖則滴不下眼淚來，但心裏也盡在酸一陣痛一陣的難過。她哭了半點多鐘，我在床上默坐了半點多鐘，覺得她的眼淚，已經把我的邪念洗清，心裏頭什麼也不想了。又靜坐了幾分鐘，我聽聽她的哭聲，也已經停止，就又伏過身去，誠誠懇懇地對她說：

「老三！今天晚上，又是我不好，我對你不起，我把你的真意誤會了。我們的時期，的確已經過去了。我今晚上對你的要求，的確是卑劣得很。請你饒了我，噢，請你饒了我，我以後永也不再幹這一種卑劣的事情了，噢，請你饒了我！請你把你的頭伸出來，朝轉來，對我說一聲，說一聲饒了我吧！讓我們把過去的一切忘了，請你把今晚上的我的這一種卑劣的事情忘了。噢，老三！」

我斜伏在她的枕頭邊上，含淚的把這些話說完之後，她的頭還是盡朝著裏床，身子一動也不肯動。我靜候了好久，她才把頭朝轉來，舉起一雙淚眼，好像是在憐惜我又好像是在怨恨我地看了我一眼。得到了她這淚眼的一瞥，我心裏也不曉怎麼的起了一種比死刑囚遇赦的時候還要感激的心思。她仍復把頭朝了轉去，我也在她的被外頭躺下了。躺下之後，兩人雖然都沒有睡著，然而我的心裏卻很舒暢的默默的直躺到了天明。

早晨起來，約略梳洗了一番，她又同平時一樣的和我微笑了，而我哩，臉上雖在笑著，心裏頭卻盡是一滴苦淚一滴苦淚的在往喉頭鼻裏咽送。

兩人從旅館出來，東方只有幾點紅雲罩著，夜來的風勢，把一碧的長天掃盡了。太陽已出了海，淡薄的陽光曬著的幾條冷靜的街上，除了些被風吹墮的樹葉和幾堆灰土之外，也比平時潔淨得多。轉過了長街送她到了上她自家的門口，將要分別的時候，我只緊握了她一雙冰冷的手，輕輕地對她說：

「老三！請你自家珍重一點，我們以後見面的機會，恐怕很少了。」

我說出了這句話之後，心裏不曉怎麼的忽兒絞割了起來，兩隻眼睛裏同霧天似的起了一層蒙障。她彷彿也深深地朝我看了一眼，就很急促地抽了她的兩手，飛跑的奔向屋後去了。

這一天的晚上，海上有一彎眉毛似的新月照著，我和許多言語不通的南省人雜處在一艙裏吸煙。艙外的風聲浪聲很大，大家只在電燈下計算著這海船航行的速度，和到H港的時刻。

一九二七年一月十日在上海

注釋

①本篇最初發表於一九二七年二月一日的《創造》月刊第一卷第六期。

淸冷的午後①

曇雲佈滿的天空，在萬人頭上壓了幾日，終究下起微雪來了，年事將盡的這十二月的下旬，若在往年，街上各店裏，總滿呈著活氣，擁擠得不堪的，而今年的市況，竟蕭條得同冷水泉一樣，過了中午，街上還是行人稀少得很。

聚芳號的老闆，同飽食後的鴿子似的，獨據在櫃檯上，呆呆的在看店門外街上的雪片。門面不滿一丈寬的這小店裏，熱鬧的時候也有二三十元錢一日的進款，可是這一個月來，門市忽然減少了下去，前兩個月配來的化妝品類和婦女雜用品等，依舊動也不動的堆在兩壁的箱盒裏。他呆看了一回飛雪，又轉頭來看看四邊的存貨，眉頭竟鎖緊了起來，往裏面放大了喉音，叫了幾聲之後，就站起來把櫃檯後柱上掛著的一件黑呢外套穿上了身去。

答應了一聲「嗳呀」，接著從裏面走出來的，是一位年紀二十左右，身材中大，皮膚很細白，長得眉目清秀的婦人。看了她那種活潑的氣象，和豐肥的肉體，誰也知道她是和這位老闆結合不久的新婦。尤其可以使人感得這一種推測的確實的，是她當走上這位老闆面前之後的一臉微笑。

「雲芳！你在這兒看一忽店，我出去和震大公司結帳去。萬一老李來，你可以問問他昨天托他的事情怎麼樣了？」

他向櫃檯邊上壁間的衣鉤上，把一頂黑絨的帽子拿下來後，就走上了一步，站在他面前，把他戴上了。他向櫃檯下桌上站著的一面小鏡子照了一照，又把外套的領子豎了起來，更對雲芳──他的新婦──點了一點頭，就從櫃檯側面的一扇小門裏走了出去。

這位老闆，本來是鄭聚芳本店的小老闆，結了婚以後，他父親因爲他和新婦住在店裏，不曉得稼稻的艱難，所以在半年前，特地爲他設了一家分店在這新市場的延齡路上，教他自己去獨立營生。

當他初開新店的時候，因爲佈置的精巧，價錢的公道，又兼以香市的鬧熱，每月竟做了千元內外的買賣。兩個月後，香客也絕跡了，遊西湖的人也少起來了，又兼以戰爭發生，人心惶恐，這一個月來銀根奇緊，弄得他那家小店，一落千丈。近來的門市，至多也賣不到五六塊錢，而這寒冬逼至，又是一年中總結帳的時候了，這幾日來，他著實爲經濟問題，費了許多的愁慮。

「千不該，萬不該，總不該把小天王接到城裏來的！」他在雪中的街上俯首走到清河坊去，一邊在自家埋怨自己。

他的悔怨的心思動了一動，繼續就想起了小天王的笑臉和嘴唇，想起了去年也是這樣下微雪的晚上，他和小天王在拱宸橋她的房裏燙酒吃豬頭肉的情趣。抬起頭來，向前後左右看了一看，把衣袖上的雪片打掃了一下，他那雙本來是走向清河坊去的腳，不知不覺的變了方向。先從馬路的右邊，走向了馬路的左邊，又前進了幾步，他就向一條小巷裏走了進去。

離新市場不遠，在一條沿河的小巷的一家二樓上，他爲小天王租了兩間房子住著，這是他和他的新婦雲芳搬往新市場之後，瞞過了雲芳常來住宿的地方。

他和小天王的相識，是在兩年前，有一天他朋友請他去吃花酒的晚上。那一天他的中學校的朋友李芷春請客，硬要他和他一同上拱宸橋去。他平時本來是很謹慎的人，從來沒有到拱宸橋去玩過一次。自從那一天李芷春爲他叫了小天王後，他覺得店裏的酒飯，味兒粗淡起來了。尤其是使他感到不滿的，是他父親的那一種起早落夜，計算金錢的苦相。他在店裏那一種緊張的空氣裏，一想到小天王房裏的那一種溫香嬌嫩的空氣，眼前就會昏花起來，鼻子裏就會聞到一種特異的香味，耳朵裏也會響出胡琴的弦索和小曲兒的歌聲來。他若把眼睛一閉，就看得見一張很光亮的銅床，床上面有雪白的氈毯和緋紅的綢被舖著。床面前的五桶櫃上擺在那裏的描金小鐘，和花瓶香盒之類，也歷歷的在他心眼上旋轉。

其中頂使他魂銷的，是當他跟李芷春去了三五回後，小天王留他住夜的那一晚的情事。

那時候，他還只是童男的二十一歲。小天王的年紀雖然比他小，然而世故人情，卻比他懂得多。所以她一見了他，就竭力的灌迷魂湯，弄得當時還沒有和女人接觸過的他，幾乎把世界一切都忘掉了。

兩年前的那一天晚上，是李芷春帶他去逛後約有半個月的光景的時候，他卻一個人搭了五點十分的夜車上拱宸橋小天王那裏去。那一天晚上，不曉爲什麼原因，天氣很冷很冷。他記得清清楚楚，那一天不過是中秋剛過的八月二十幾裏，但不曉怎麼的，忽而吹來了幾陣涼風，使冬衣未曾製就的一班杭州的市民，都感覺得比大寒前後還更涼冷的樣子。他坐在小天王房裏，喝喝酒，吃吃晚飯，聽她唱唱小曲，竟把半夜的時光於不知不覺的中間飛度了過去。到了半夜十二點鐘，他想出去，也已經不行了，所以就貓貓虎虎，留在她那裏住了一夜。

自從那一夜後，他才知道了女人的滋味。小天王的嘴唇，她的脫下衣服來的時候的嬌羞的樣子，從帳子外面射進來的電燈光下的她的淡紅的小汗衫，上半段鈕扣解開以後的她的蒼白的胸部。被他緊緊抱住以後的那一種觸覺，最後同脫了骨肉似那一種出神。凡此種種的情況，在他腦裏盤據了半個多月。無論在什麼時候什麼地方，只教他一想到這前後的感覺，他的耳朵就會嗡的響起來，他的身子的全體，就好像坐在火焰的峰頭；兩隻大腿的中間，實際上就會同觸著一塊軟肉似的酸脹起來。嗣後兩年中間，他在小天王身上花的錢，少算算也有五千多塊。

到了今年四月，他的父親對於他的遊蕩，實在是無法子抵抗了，結局還是依了他母舅之計，爲他娶了雲芳過來，想教雲芳來加以勸告和束縛。

他和雲芳本來是外舅家的中表，兩人從小就很要好的。新婚的頭夜，鬧房的客人都出去以後，他和雲芳，就講了半夜的話。他含著眼淚，向雲芳說小天王的身世，說小天王待他的情誼，更說他自家對雲芳雖有十分的熱愛，但對小天王也不能斷念的癡心。結果他說若要他和小天王絕交，除非把他先送到棺材裏去之後才可以。聰明賢慧的雲芳，對他這一種決心，當然不想用蠻法子來對付，三朝以後，倒是她出來向他的父母說情了。他果然中了雲芳的詭計，結婚以後的兩個月中間，並沒有去過拱宸橋一次。

他父親給他新市場開設分店以後的約莫一個月的時候，有一天午後他往城站去送客，在車站上忽又遇見了小天王。

那時候正是太陽曬得很熱的六月中旬。他在車站裏見了兩月來不見的小天王的清淡的裝束，舊日的回憶就復活了。當天晚上，他果然瞞過了雲芳，上拱宸橋去過夜。在拱宸橋埠上以善應酬著名的這小天王，當然知道如何的再把他從雲芳那裏爭奪過來的術數。那一晚小天王於哭罵他薄情之後，竟拿起了一把小刀來要自殺。後來聽了他的許多誓咒和勸慰的話後，兩人才收住眼淚抱著入睡。嗣後兩三個月中間，他藉依分店裏進款的寬綽，竟暗地裏把小天王贖了出來，把她藏住在這一條小巷的樓上。

說到小天王的相貌，實際上比雲芳也美不了許多。可是她那嬌小的身材，靈活的眼睛，和一雙紅曲的嘴唇，卻特別的能夠勾引男人，使和她發生過一兩次關係的人，永也不能忘記。

他一邊在小巷裏冒雪走著，一邊俯伏著頭，盡在想小天王那雙嘴唇。他想起了三天前在她那裏過夜的事情，他又想起了第二天早晨回到店裏的時候，雲芳含著微笑問他的話：「小天王好麼？你又有幾天不去了，昨晚上可能睡著？」

走到了那一家門口，他開門進去，一直走到很黑的退堂夾弄的扶梯眼前，也沒有遇見一個人。

「我們的這房東老太婆，今天怕又在樓上和小天王說話吧？讓我悄悄地上去，駭她們一下。」

他心裏這樣的想著，腳步就自然而然的放輕了。幽腳幽手的走上了樓，走到了房門口，他舉手輕輕一推，房門卻閂在那裏。站住了腳，屏著氣，側耳一聽，房裏頭並沒有說話的聲音。他就想伸出手來，敲門進去，但回頭再一想時，覺得這事情有點奇怪。因爲平時他來，老太婆總坐在樓下堂前裡糊火柴盒子。他一向上樓來，還沒有一次遇見小天王的房門閂鎖過。含神屏氣的更靜立了幾分鐘，他忽而聽見靠板壁的他和小天王老睡的床上，有一個男人的口音在輕輕的說：

「小天王！小天王！醒來！天快晚了，怕老鄭要來了吧？」

他的全身的血，馬上凝結住了，頭髮一根一根的豎立了起來。瞪著眼睛，捏緊拳頭，他就想一腳踢進房去。但這鐵樣的決心，還沒有下的時候，他又聽見小天王睡態朦朧的說：

「像這樣落雪的時候，他不會來的。」

他聽了小天王的聲氣，同時飛電似的想起了她的那雙嘴唇，喉頭更是乾烈起來，胸前的一腔殺氣，更是往上奔塞得厲害。舉了那隻捏緊的拳頭，正要打上門板上去的一刹那，他又聽見男人說：

「我要去了，昨天老鄭還托我借錢來，我答應他今天去做回音的。讓我去看看，他若在店裏哩，我晚上再好來的。」

「啊！這男人原來是李芷春！」

他聽出了李芷春的聲音，一隻舉起來的手就縮回來了。向後抽了腳步，他一口氣就走下了樓來。幸而那老太婆還沒有回家，他一走出門，仍復輕輕的把門關上，就同發了瘋的人似的狠命的在被雪下得微滑的小巷裏飛奔跑跳。氣也吐不出來，眼面前的物事也看不清楚，腦蓋底下，他只覺得有一片火在那裏燒著。方向也辨不清，思想也完全停止，迎面吹來的冷風和雪片也感覺不到，他只把兩隻腳同觸了電似的盡在交換前進，不知跑了多少路，走了多少地方，等得神志清醒了一點的時候，他看看四周已經灰暗了。在這灰暗的空氣裏，還有一片一片的雪片在飛舞著。舉起頭來一看，眼面前卻是黑黝黝的一片湖水。再舉起眼來向遠處看時，模糊的雪片層裏，透射著幾張燈火。同時湖水面上返射著的模糊的燈光和灰頹頹冷沉沉的山影，也射到了他的眼裏。舉起手來向衣袖上一摸，積在那裏的雪片，很硬很冷的向他的觸覺神經激刺了一下。他完全恢復了知覺，靜靜地站住了腳，把被飛雪濕透了的那頂黑絨帽子拿下來的時候，頭上就放射了一陣蒸發出來的熱氣。更向眼下的空氣裏一看，他只看見幾陣很急促地由他自己口中吐出來的白氣，在和雪片爭鬥，這時候他身旁的枯樹枝上，背後的人家屋上，和屋後的山上，已經有一層淡白的薄雪罩上了。從外套袋裏，拿出手帕來把頭上的汗擦了一擦，在灰暗的冷空氣裏靜立了一會，向四邊看了幾周，他才辨出了方向，知道他自家的身體，站立在去錢王祠不遠的湖濱的野道上面。

他把眼睛開閉了幾次，咽下了幾口唾沫，又靜靜的把喘著的氣調節了一下，才把今天下午的事情，原原本本的想了起來。

「啊啊！怎麼對得起雲芳！怎麼對得起雲芳！」

「今天我出門的時候的她那一種溫柔體貼的樣子！」

「啊啊！我還有什麼面目做人？」

他想到了這裏，火熱的頰上，就流下了兩滴很大很冷的眼淚來。從他的喉嚨裏，漸漸的，發出了一種怖人的，和受了傷就快死的野獸似的鳴聲。這聲音起初很幽很沉重，漸漸地加響，終於號的一響吐露完結；一聲完了，接著又是一聲，靜寂的山隩水上，和枯冷的樹林，都像起了反應，他自家的耳朵裏也聽出了一種可怕的哀鳴聲來；背後樹枝上的積雪，索落索落的落下了幾滴，他回頭一看，在白茫茫的夜色裏，彷彿看見了一隻極大極大的黑手，在那裏向他撲掠似的；他心裏急了，不管東西南北，只死勁的向前跑跳，「撲通」的一響，他只覺得四肢半體，同時冰冷的凝聚了攏來。神志又清了一清，他曉得自家的身子，已經跌在湖裏了。喉嚨裏想叫出「救命」的兩個字來，但愈急愈叫不出，他只覺得他的頸項前後，好像有一個鐵圈在那裏抽緊來的樣子。兩隻腳亂踢了一陣，兩隻手向湖面上划了幾划，他的身體就全部淹沒到水底裏去了。

一九二七年一月十八日在上海

注釋

①本篇最初發表於《洪水》第三卷第廿六期。

微雪①

這一個人，現在已經不在世上了；而他的致死的原因，一直到現在還沒有明白。

他的面貌很清秀，不像是一個北方人。我和他初次在教室裏見面的時候，總以爲他是江浙一帶的學生；後來聽他和先生說話的口氣，才知道他是北直隸產。在學校的寄宿舍裏和他同住了兩個月，在圖書室裏和他見了許多次數的面，又在一天禮拜六的下午，和他同出西便門去騎了一次騾子，才知道他是京兆的鄉下，去京城只有十八里地的殷家集的農家之子，是在北京師範畢業之後，考入這師範大學裏來的。

一般新進學校的同學，都是趾高氣揚的青年，只有他，貌很柔和，人很謙遜，穿著一件青竹布的大褂，上課的第一天，就很勤懇的拿了一枝鉛筆和一冊筆記簿，在那裏記錄先生所說的話。

當時我初到北京，朋友很少。見了一般同學，又只是心虛膽怯，恐怕我的窮狀和淺學被他們看出，所以到學校後的一個禮拜之中，竟不敢和同學攀談一句話。但是對於他，我心裏卻很感著幾分親熱，因爲他的坐位，是在我的前一排，他的一舉一動，我都默默的在那裏留心的看著，所以對於他的那一種謙恭的樣子，及和我一樣的那種沉默怕羞的態度，心裏卻早起了共鳴。

是我到學校後第二個星期的一天早晨，我一早就起了床，一個人在操場裏讀英文。當我讀完了一節，靜靜地在翻閱後面的沒有教過的地方的時候，我忽而覺得背後彷彿有人立在那裏的樣子。回頭來一看，果然看見他含了笑，也拿了一本書，立在我的背後去牆不過二尺的地方，在那裏對我看著。我回過頭來看他的時候，同時他就對我說：「您真用功啊！」我倒被他說得臉紅了，也只好笑著對他說：「您也用功得很！」

從這一回之後，我們倆就談起天來了。兩個月之後，因爲和他在圖書室裏老是在一張桌上看書的原因，所以交情尤其覺得親密。有一天禮拜六，天氣特別的好，前夜下的雨，把輕塵壓住，晚秋的太陽曬得和暖可人，又加以午後一點鐘教育史，先生請假，吃了中飯之後，兩個人在閱報室裏遇見了，便不約而同的說出了一句話來：

「天氣真好極了，上哪兒去散散步吧！」

我對北京的地理不熟悉，所以一個人不大敢跑出去。到京住了兩月之久，在禮拜天和假日裏去過的地方，只有三殿和中央公園。那一天因爲天氣太好，很想上郊外去走走，一見了他，就臨時想定了主意，喊出了那一句話來。同時他也彷彿在那裏想上城外去跑，見了我，也自然而然的發了這一個提議，所以我們倆不待說第二句話，就走上了向校門的那條石砌的大路。走出校門之後，第二個問題就起來了，「上哪裡去呢？」

在琉璃廠正中的那條大道上，朝南迎著日光走了幾步，他就笑著問我說：

「李君，你會騎騾兒不會？」

我在蘇州住中學住過四年，騾子是當然會騎的，聽了他那一句話，忽而想起了中學時代騎騾子上虎丘去的興致來，所以馬上就贊成說：

「北京也有騾子麼？讓我們去騎騎試試！」

「騾兒多得很，一出城門就有，我就怕你不會騎呀。」

「我騎倒是會騎的。」

兩人說說走走，到西便門附近的時候，已經是快兩點了。雇好了騾子，騎向白雲觀去的路上，身上披滿了黃金的日光，肺部飽吸著西山的爽氣，我們兩人覺得做皇帝也沒有這樣的快樂。

北京的氣候，一年中以這一個時期爲最好。天氣不寒不熱，大風期還沒有到來。淨碧的長空，返映著遠山的濃翠，好像是大海波平時的景象。況且這一天午後，剛當前夜小雨之餘，路上微塵不起，兩旁的樹葉還未落盡的洋槐，榆樹的枝頭，青翠欲滴，大有首夏清和的意思。

出了西便門，野田裏的黍稷都已收割起了，農夫在那裏耕鋤播種的地方也有，但是大半的地上都還清清楚楚的空在那裏。

我們騎過了那乘石橋，從白雲觀後遠看西山的時候，兩個人不知不覺的對視了一回，各作了一種會心的微笑，又同發了一聲讚嘆：

「真好極了！」

出城的時候，騾兒跑得很快，所以在白雲觀裏走了一陣出來，太陽還是很高。他告訴我說：

「這白雲觀，是道士們會聚的地方。清朝慈禧太后也時常來此宿歇。每年正月自初一起到十八止，北京的婦女們遊治子來此地燒香馳馬的，路上滿都擠著。那時候橋洞底下，還有老道坐著，終日不言不語，也不吃東西，說是得道的。老人堂裏更坐著一排白髮的道士，身上寫明幾百歲幾百歲，騙取女人們的金錢不少。這一種妖言惑眾的行爲，實在應該禁止的，而北京當局者的太太小姐們還要前來膜拜施捨，以誇她們的闊綽，你說可氣不可氣？」

這也是令我佩服他不止的一個地方，因爲我平時看見他盡是一味的在那裏用功的，然而談到了當時的政治及社會的陋習，他卻慷慨激昂，講出來的話句句中肯，句句有力，不像是一個讀死書的人。尤其是對於時事，他發的議論，激烈得很，對於那些軍閥官僚，罵得淋漓盡致。

我們走出了白雲觀，因爲時候還早，所以又跑上前面天寧寺的塔下去了一趟。寺裏有兵駐紮在那裏，不准我們進去，他去交涉了一番，也終於不行。所以在回來的路上，他又切齒的罵了一陣：

「這些狗東西，我總得殺他們乾淨。我們百姓的兒女田廬，都被他們侵佔盡了。總有一天報他們的仇。」

經過了這一次郊外遊行之後，我們的交情又進了一步。上課的時候，他坐在我的前頭，我坐在他的後一排，進出當然是一道。寢室本來是離開兩間的，然而他和一位我的同房間的辦妥了交涉，竟私下搬了過來。在圖書室裏，當然是一起的。自修室卻沒有法子搬攏來，所以只有自修的時候，我們兩人不能同伴。

每日的日課，大抵是一定的。平常的時候，我們都到六點半鐘就起床，拿書到操場上去讀一個鐘頭。早飯後上課，中飯後看半點鐘報，午後三點鐘課餘下來，上圖書室去讀書。晚上自修兩個鐘頭，洗一個臉，上寢室去雜談一會，就上床睡覺。我自從和他住在一道之後，覺得興趣也好得多，用功也更加起勁了。

可是有一點，我時常在私心害怕，就是中學裏時常有的那一種同學中的風說。他的相兒，雖則很清秀，然而兩道眉毛很濃，嘴唇極厚，一張不甚白皙的長方臉，無論何人看起來，總是一位有男性美的青年。萬一有風說起來的時候，我這身材矮小的南方人，當然要居於不利的地位。但是這私心的恐懼，終沒有實現出來，一則因為大學生究竟比中學生知識高一點，二則大約也是因為他的勤勉的行為和凜不可犯的威風可以壓服眾人的緣故。

這樣的又過去了兩個月，北風漸漸的緊起來，京城裏的居民也感到寒威的逼迫了；我們學校裏就開始了考試，到了舊曆十二月底邊，便放了年假。

同班的同學，北方人大抵回家去過年；只有貧而無歸的我和其他的二三個南方人，臉上只是一天一天的在枯寂下去，眼看得同學們一個一個的興高采烈地整理行篋，心裏每在灑喪家的苦淚。同房間的他因為看得我這一種狀況，也似乎不忍別去，所以考完的那一天中午，他就同我說：

「年假期內，我也不打算回去，好在這兒多讀一點書。」

但考試完後的兩天，圖書室也閉門了，同房間的同學只剩了我和他的兩個人。又加以寢室內和自修室裏火爐也沒有，電燈也似乎滅了光，冷灰灰的蟄伏在那裏，看書終究看不進去。若去看戲遊玩呢，我們又沒有這些錢；上街去走走呢，冰寒的大風灰沙裏，看見的又都是些殘年的急景和往來忙碌的行人。

到了放假後的第三天，他也垂頭喪氣的急起來了。那一天早晨，天氣特別的冷，我們開了眼，談著話，一直睡到十點多鐘才起床。餓著肚在房裏看了一回雜誌，他忽兒對我說：

「李君，我們走吧，你到我們鄉下去過年好不好？」

當他告訴我不回家去過年的時候，我已經看出了他對我的好意，心裏著實的過意不去，現在又聽了他這話，更加覺得對他不起了，所以就對他說：

「你去吧！家裏又近，回家去又可以享受夫婦的天倫之樂，為什麼不回去呢？」

但他無論如何總不肯一個人回去，從十點半鐘講起，一直講到中午吃飯的時候止，他總要我和他一道，才肯回去。他的脾氣是很古怪的，平時沉默寡言，凡事一說出口，卻不肯改過口來。我和他相處半年，深知他有這一種執拗不彎的習氣，所以到後來就終究答應了他，和他一道上他那裏去過年。

那一天早晨很冷，中午的時候，太陽還躲在灰白的層雲裏，吃過中飯，把行李收拾了一收拾，正要雇車出去的時候，寒空裏卻下起鵝毛似的雪片來了。

雇洋車坐到永定門外，從永定門我們再雇驢車到殷家集去。路上來往的行人很少，四野寥闊，只有幾簇枯樹林在那裏點綴冬郊的寂寞。雪片盡是一陣一陣的大起來，四面的野景，渺渺茫茫，從車篷缺處看出去，好像是披著了一層薄紗似的。幸虧我們車是往南行的，北風吹不著，但驢背的雪片積得很多，溶化的熱氣一道一道的偷進車廂裏來，看去好像是驢子在那裏出汗的樣子。

冬天的短日，陰森森的晚了，驢車裏搖動雖則很厲害，但我已經昏昏的睡著。到了他搖我醒來的時候，我同做夢似的不曉得身子在什麼地方。張開眼睛來一看，只覺得車篷裏黑得怕人。他笑著說：

「李君！你醒醒吧！你瞧，前面不是有幾點燈火看見了麼？那兒就是殷家集呀！」

又走了一陣，車子到了他家的門口，下車之後，我的腳也盤坐得麻了。走進他的家裏去一看，裏邊卻寬敞得很。他的老父和母親，喜歡得了不得。我們在一盞煤油燈下，吃完了晚飯，他的媳婦也出來爲我在一張暖炕上舖起被褥來。說起他的媳婦，本來是生長在他家裏的童養媳，是於去年剛合婚的。兩隻腳纏得很小，相兒雖則不美，但在鄉下也不算很壞。不過衣服的樣子太古，從看慣了都會人士的我們看來，她那件青布的棉襖，和緊紮著腳的紅棉褲，實在太難看了。這一晚因爲日間在驢車上搖擺了半天，我覺得有點倦了，所以吃完晚飯之後，一早就上炕去睡了。他在裏間房裏和他父母談了些什麼，和他媳婦在什麼時候上炕，我卻沒有知道。

在他家裏過了一個年，住了九天，我所看出的事實，有兩件很使我爲他傷心：第一是婚姻的不如意，第二是他家裏的貧窮。

北方的農家，大約都是一樣的，終歲勞動，所得的結果，還不夠供政府的苛稅。他家裏雖則有幾十畝地，然而這幾十畝地的出息，除了賦稅而外，他老父母的飲食和媳婦兒的服飾，還是供給不了的。他是獨養兒子，父親今年五十多了。他前後左右的農家的兒子，年紀和他相上下的，都能上地裏去工作，幫助家計；而他一個人在學校裏念書，非但不能幫他父親，並且時時還要向家裏去支取零用錢來買書購物。到此，我才看出了他在學校裏所以要這樣減省的原因。唯其如此，我和他同病相憐，更加覺得他的人格的高尚。

到了正月初四，舊年的雪也溶化了，他在家裏日日和那童養媳相對，也似乎十分的不快，所以我就勸他早日回京，回到學校裏去。

正月初五的早晨，天氣很好，他父親自家上前面一家姓陳的人家，去借了驢兒和車子，送我們進城來。

說起了這姓陳的人家，我現在還疑他們的女兒是我同學致死的最大原因。陳家是殷家集的豪農，有地二百多頃。房屋也是瓦屋，屋前屋後的牆圍很大。他們有三個兒子，頂大的卻是一位女兒。她今年十九歲了，比我那位同學小兩歲。我和他在他家裏住了九天，然而一半的光陰卻是在陳家費去的。陳家的老頭兒，年紀和我同學的父親差不多，可是娶了兩次親，前後都已經死了。初娶的正配生了一個女兒，繼娶的續弦生了三個男孩，頂大的還只有十一歲。

我的同學和陳家的惠英——這是她的名字——小的時候，在一個私塾裏念書；後來大了，他就去進了史官屯的小學校。這史官屯在殷家集之北七八里路的地方，是出永定門以南的第一個大村莊。他在史官屯小學裏住了四年，成績最好，每次總考第一，所以畢業之後，先生就爲他去北京師範報名，要他繼續的求學。這先生現在也已經去世了，我的同學一說起他，還要流出眼淚來，感激得不了。從此他在北京師範住了四年，現在卻安安穩穩的進了大學。讀書人很少的這村莊上，大家對於他的勤儉力學，當然是非常尊敬。尤其是陳家的老頭兒，每對他父親說：

「雅儒這小孩，一定很有出息，你一定培植他出來，若要錢用，我盡可以爲你出力。」

我說了大半天，把他的名姓忘了，還沒有告訴出來。他姓朱，名字叫「雅儒」。我們學校裏的稱呼本來是連名帶姓叫的，大家叫他「朱雅儒」「朱雅儒」；而他叫人，卻總不把名字放進去，只叫一個姓氏，底下添一個君字。因此他總不直呼其名的叫我「李厥民」，而以「李君」兩字叫我。我起初還聽不慣，覺得有點兒不好意思；後來也就學了他，叫他「朱君」，「朱君」了。

陳家的老頭兒既然這樣的重視他，對於他父親提出的借款問題，當然是百無一拒的。所以我想他們家裏，欠陳家的款，一定也是不在少數。

那一天，正月初五的那一天，他父親向陳家去借了驢車驢子，送我們進城來，我在路上因爲沒有話講，就對他說：

「可惜陳家的惠英沒有讀書，她實在是聰明得很！」

他起初聽了我這一句話，臉上忽而紅了一紅，後來覺得我講這話時並沒有惡意含著，他就嘆了一口氣說：

「唉！天下的恨事正多得很哩！」

我看他的神氣，似乎他不大願意我說這些女孩兒的事情，所以我也就默默的不響了。

那一天到了學校之後，同學們都還沒有回來，我和他兩個人逛逛廠甸，聽聽戲，也就貓貓虎虎將一個寒假過了過去。開學之後，又是刻板的生活，上課下課，吃飯睡覺，一直到了暑假。

暑假中，我因爲想家想得心切，就和他別去，回南邊的家裏來住了兩個月。上車的時候，他送我到車站上來，說了許多互相勉勵的說話，要我到家之後，每天寫一封信給他，報告南邊的風物。而我自家呢，說想於暑假中去當兩個月家庭教師，好弄一點零用，買一點書籍。

我到南邊之後，雖則不天天寫信，但一個月中間，也總計要和他通五六封信。我從信中的消息，知道他暑假中並不回家去，仍住在北京一家姓黃的人家教書，每月也可得二十塊錢薪水。

到陽曆八月底邊，他寫信來催我回京，並且說他於前星期六回到殷家集去了一次，陳家的惠英還在問起我的消息呢。

因爲他提起了惠英，我倒想起當日在殷家集過年的事情來了。惠英的貌並不美，不過皮膚的細白實在是北方女子中間所少見的。一雙大眼睛，看人的時候，使人要懼怕起來；因爲她的眼睛似乎能洞見一切的樣子。身材不矮不高，一張團團的面使人一見就覺得她是一個忠厚的人。但是人很能幹，自她後母死後，一切家計都操在她的手裏。她的家裏，灑掃得很乾淨。西面的一間廂房，是她的起坐室，一切帳簿文件，都擱在這一間廂房裏。我和朱君於過年前後的幾天中老去坐談的，也是在這間房裏。她父親喜歡喝點酒，所以正月裏的幾天，他老在外頭。我和朱君上她家裏去的時候，不是和她的幾個弟弟說笑話，談故事，就和她講些北京學校裏的雜事。朱君對她，嚴謹沉默，和對我們同學一樣。她對朱君亦沒有什麼特別的親熱的表示。

只有一天，正月初四的晚上，吃過晚飯之後，朱君忽而從家中走了出去。我和他父親談了些雜天，抽了一點空，也順便走了出去，上前面陳家去，以爲朱君一定在她那裏坐著。然而到了那廂房裏，和她的小兄弟談了幾句話之後，問他們「朱君來過了沒有？」他們都搖搖頭說「沒有來過」。問他們的「姊姊呢？」他們回答說：「病著，睡覺了。」

我回到朱家來，正想上炕去睡的時候，從前面門裏朱君卻很快的走了進來。在煤油燈底下，我雖看不清他的臉色，然而從他和我說話的聲氣及他那雙紅腫的眼睛上看來，似乎他剛上什麼地方去痛哭了一場似的。

我接到了他催我回京的信後，一時聯想到了這些細事，心裏倒覺得有點好笑，就自言自語的說了一句：

「老朱！你大約也掉在戀愛裏了吧？」

陽曆九月初，我到了北京，朱君早已回到學校裏來，床位飯案等事情，他早已爲我弄好，弄得和他一塊。暑假考的成績，也已經發表了，他列在第二，我卻在他的底下三名的第五，所以自修室也合在一塊兒。

開學之後，一切都和往年一樣，我們的生活也是刻板式的很平穩的過去了一個多月。北京的天氣，新考入來的學生，和我們一班的同學，以及其他的一切，都是同上學期一樣的沒有什麼變化，可是朱君的性格卻比從前有點不同起來了。

平常本來是沉默的他，入了陽曆十月以後，更是悶聲不響了。本來他用錢是很節省的，但是新學期開始之後，他老拖了我上酒店去喝酒去。拚命的喝幾杯之後，他就放聲罵社會制度的不良，罵經濟分配的不均，罵軍閥，罵官僚，末了他尤其攻擊北方農民階級的愚昧，無微不至。我看了他這一種悲憤，心裏也著實爲他所動，可是到後來只好以順天守命的老生常談來勸他。

本來是勤勉的他，這一學期來更加用功了。晚上熄燈鈴打了之後，他還是一個人在自修室裏點著洋蠟，在看英文的愛倫凱，倍倍兒，須帝納兒等人的書。我也曾勸過他好幾次，教他及時休養休養，保重身體。他卻昂然的對我說：

「像這樣的世界上，像這樣的社會裏，我們偷生著有什麼用處？什麼叫保重身體？你先去睡吧！」

禮拜六的下午和禮拜天的早晨，我們本來是每禮拜約定上郊外去走走的；但他自從入了陽曆十月以後，不推托說是書沒有看完，就說是身體不好，總一個人留在寢室裏不出去。實際上，我看他的身體也一天一天的瘦下去了。兩道很濃的眉毛，投下了兩層陰影，他的眼窩陷落得很深，看起來實在有點怕人，而他自家卻還在起早落夜的讀那些提倡改革社會的書。我注意看他，覺得他的飯量也漸漸的減下去了。

有一天寒風吹得很冷，天空中遮滿了灰暗的雲，彷彿要下大雪的早晨，門房忽而到我們的寢室裏來，說有一位女客，在那裏找朱先生。那時候，朱君已經出去上操場上去散步看書去了。我走到操場上，尋見了他，告訴了他以後，他臉上忽然變得一點血色也沒有，瞪了兩眼，同呆子似的儘管問我說：

「她來了麼？她真來了麼？」

我倒教他駭了一跳，認真的對他說：

「誰來謊你，你跑出去看看就對了。」

他出去了半日，到上課的時候，也不進教室裏來；等到午後一點多鐘，我在下堂上自修室去的路上，卻遇見了他。他的臉色更灰白了，比早晨我對他說話的時候還要陰鬱，鎖緊了的一雙濃厚的眉毛，陰影擴大了開來，他的全部臉上都罩著一層死色。我遇見了他，問他早晨來的是誰，他卻微微的露了一臉苦笑說：

「是惠英！她上京來買貨物的，現在和她爸爸住在打磨廠高升店。你打算去看她麼？我們晚上一同去吧！去和他們聽戲去。」

聽了他這一番話，我心裏倒喜歡得很，因為陳家的老頭兒的話，他是很要聽的。所以我想吃過晚飯之後，和他同上高升店去，一則可以看看半年多不見的惠英，二則可以托陳家的老頭兒勸勸朱君，勸他少用些功。

吃過晚飯，風刮得很大，我和他兩個人不得不坐洋車上打磨廠去。到高升店去一看，他們父女二人正在吃晚飯，陳老頭還在喝白乾，桌上一個羊肉火鍋燒得滿屋裏都是火鍋的香味。電燈光爲火鍋的熱氣所包住，照得房裏朦朦朧朧。惠英著了一件黑布的長袍，立起來讓我們坐下喝酒的時候，我覺得她的相兒卻比在殷家集的時候美得多了。

陳老頭一定要我們坐下去喝酒，我們不得已就坐下去喝了幾杯，一邊喝，一邊談，我就把朱君近來太用功的事情說了一遍。陳老頭聽了我的話，果然對朱君說：

「雅儒！你在大學裏，成績也不算不好，何必再這樣呢？聽說你考在第二名，也已經可以了，你難道還想奪第一名麼？……總之，是身體要緊。……你的家裏，全都在盼望你在大學裡畢業後，賺錢去養家；萬一身體不好，你就是學問再好一點，也沒有用處。」

朱君聽了這些話，盡是悶聲不語，一杯一杯的在俯著頭喝酒。我也因爲喝了一點酒，頭早昏痛了，所以看不出他的表情來。一面回過頭來看看惠英，似乎也俯著了頭，在那裏落眼淚。

這一天晚上，因爲談天談得時節長了，戲終於沒有去聽。我們坐洋車回校裏的時候，自修的鐘頭卻已經過了。第二天，陳家的父女已經回家去了，我們也就回復了平時的刻板生活。朱君的用功，沉默，牢騷抑鬱的態度，也仍舊和前頭一樣，並不因陳家老頭兒的勸告而減輕些。

時間一天一天的過去，又是一年將盡的冬天到了。北風接著吹了幾天，早晚的寒冷驟然增加了起來。

年假考的前一個星期，大家都緊張起來了，朱君也因爲這一學期裡看課外的書看了太多，把學校裏的課本丟開的原因，接連有三夜不睡，溫習了三夜功課。

正將考試的前一天早晨，朱君忽而一早就起了床，襪子也不穿，蓬頭垢面的跑了出去。跑到了門房裏，他拉住了門房，要他把那一個人交出來。門房莫名其妙，問他所說的那一個人是誰，他只是拉住了門房吵鬧，卻不肯說出那一個人的姓名來。吵得聲音大了，我們都出去看，一看是朱君在和門房吵鬧，我就夾了進去。這時候我一看朱君的神色，自家也駭了一跳。

他的眼睛是血漲得紅紅的，兩道眉毛直豎在那裏，臉上是一種沒有光澤的青灰色，額上頸項上漲滿了許多青筋。他一看見我們，就露了兩列雪白的牙齒，同哭也似的笑著說：

「好好，你們都來了，你們把這一個小軍閥看守著，讓我去拿出手槍來槍斃他。」

說著，他就把門房一推，推在我和另外兩個同學的身上；我們都不防他的，被他這麼一推，四個人就一塊兒的跌倒在地上。他卻哈哈的笑了幾聲，就一直的跑了進去。

我們看了他這一種行動，大家都曉得他是精神錯亂了，就商量叫校役把他看守在養病室裏，一邊去通知學校當局，請學校裏快去請醫生來替他醫治。

他一個人坐在養病室裏不耐煩，硬要出來和校役打罵。並且指看守他的校役是小軍閥，罵著說：

「混蛋，像你這樣的一個小小的軍閥，也敢強取人家的閨女麼？快拿手槍來，快拿手槍來！」

校醫來看他的病，也被他打了幾下，並且把校醫的一副眼鏡也扯下來打碎了。我站在門口，含淚的叫了幾聲：

「朱君！朱君！你連我都認不清了麼？」

他光著眼睛，對我看了一忽，就又哈哈哈的笑著說：

「你這小王八，你是來騙錢的吧？」

說著，他又打上我的身來，我們不得已就只好將養病室的門鎖上，一邊差人上他家裏去報信，叫他的父母出來看護他的病。

到了將晚的時候，他父親來了，同來的是陳家的老頭兒。我當夜就和他們陪朱君出去，在一家公寓裏先租了一間房間住著。朱君的病癒來愈凶了，我們三個人因爲想制止他的暴行，終於一晚沒有睡覺。

第二天早晨，我一早就回學校去考試，到了午後，再上公寓裏去看他的時候，知道他們已經另外租定了一間小屋，把朱君捆縛起來了。

我在學校裏考試考了三天，正到考完的那一日早晨，一早就接到了一個急信，說朱君已經不行了，急待我上那兒去看看他。我到了那裏去一看，只見黑漆漆的一間小屋裏，他同鬼也似的還被縛在一張板床上。房裏的空氣穢臭得不堪，在這黑臭的空氣裏，只聽見微微的喘氣聲和腹瀉的聲音。

我在門口靜立了一忽，實在是耐不住了，便放高了聲音，「朱君」「朱君」的叫了兩聲。坐在他腳後的他那老父，馬上就舉起手來阻止住我的發聲。朱君聽了我的喚聲，把頭轉過來看我的時候，我只看見了一個枯黑得同骷髏似的頭和很黑很黑的兩顆眼睛。

我踏進了那間小房，審視了他一回，看見他的手腳還是綁著，頭卻軟軟的斜靠在枕頭上面。腳後頭坐在他父親背後的，還有一位那朱君的媳婦，眼睛哭得紅腫，呆呆的縮著頭，在那裏看守著這將死的她的男人。

我向前後一看，眼淚忽而湧了出來，走上他的枕頭邊上，伏下身去，輕輕的問了他一句話「朱君！你還認得我麼？」底下就說不下去了。他又轉過頭來對我看了一眼，臉上一點兒表情也沒有，但由我的淚眼看過去，好像他的眼角上也在流出眼淚來的樣子。

我走近他父親的身邊，問陳老頭哪裡去了。他父親說：

「他們惠英要於今天出嫁給一位軍官，所以他早就回去料理喜事去了。」

我又問朱君服的是什麼藥，他父親只搖搖頭，說：「我也不曉得。不過他服了藥後，卻瀉到如今，現在是好像已經不行了。」

我心裏想，這一定是服藥服錯了，否則，三天之內，他何以會變得這樣的呢？我正想說話的時候，卻又聽見了一陣腹瀉的聲音，朱君的頭在枕頭上搖了幾搖，喉頭咯咯的響起來了。我的毛髮悚豎了起來，同時他父親，他媳婦兒也站起來趕上他的枕頭邊上去。我看見他的頭往上抽了幾抽，喉嚨頭格落落響了幾聲，微微抽動了一刻鐘的樣子，一切的動靜就停止了。他的媳婦兒放聲哭了起來，他的父親也因急得癡了，倒只是不發聲的呆站在那裏。我卻忍耐不住了，就低下頭去在他耳邊「朱君！朱君！」的絕叫了兩三聲。

第二天早晨，天又下起微雪來了。我和朱君的父親和他的媳婦，在一輛大車上一清早就送朱君的棺材出城去。這時候城內外的居民還沒有起床，長街上清冷的很。一輛大車，前面載著朱君的靈柩，後面坐著我們三人，慢慢的在雪裏轉走。雪片積在前面罩棺木的紅氈上，我和朱君的父親卻包在一條破棉被裏，避著背後吹來的北風。街上的行人很少，朱君的媳婦幽幽在哭著的聲音，覺得更加令人傷感。

大車走出永定門的時候，黃灰色的太陽出來了，雪片也似乎少了一點。我想起了去年冬假裏和朱君一道上他家去的光景，就不知不覺的向前面的靈柩叫了兩聲，忽兒按捺不住地嘩的放聲哭了起來。

一九二七年七月十六日

注釋

①本篇最初發表於一九二七年七月二十日《教育雜誌》第十九卷第七號，題名為《考試》。一九二八年收入《達夫代表作》時用現題。

迷羊①

一

一九××年的秋天，我因爲腦病厲害，住在長江北岸的A城裏養病。正當江南江北界線上的A城，兼有南方溫暖的地氣和北方亢燥的天候，入秋以後，天天只見藍蔚的高天，同大圓幕似的張在空中。東北兩三面城外高低的小山，一例披著了翠色，在陽和的日光裏返射，微涼的西北風吹來，往往帶著些秋天乾草的香氣。我尤愛西城外和長江接著的一個菱形湖水旁邊的各處小山。早晨起來，拿著幾本愛讀的書，裝滿了一袋花生水果香煙，我每到這些小山中沒有人來侵犯的地方去享受靜瑟的空氣。看倦了書，我就舉起眼睛來看山下的長江和江上的飛帆。有時候深深地吸一口煙，兩手支在背後，向後斜躺著身體，縮小了眼睛，呆看著江南隱隱的青山，竟有三十分鐘以上不改姿勢的時候。有時候伸著肢體，仰臥在和暖的陽光裏，看看無窮的碧落，一時會把什麼思想都忘記，我就同一片青煙似的不自覺著自己的存在，悠悠的浮在空中。像這樣的懶遊了一個多月，我的身體漸漸就強壯起來了。

中國養腦病的地方很多，何以廬山不住，西湖不住，偏要尋到這一個交通不十分便利的A城裏來呢?這是有一個原因的。自從先君去世以後，家景蕭條，所以我的修學時代，全仗北京的幾位父執傾囊救助，父親雖則不事生產，潦倒了一生，但是他交的幾位朋友，卻都是慷慨好義，愛人如己的君子。所以我自十幾歲離開故鄉以後，他們供給我的學費，每年至少也有五六百塊錢的樣子。這一次有一位父親生前最知己的伯父，在A省駐節，掌握行政全權。暑假之後，我由京漢車南下，乘長江輪船赴上海，路過A城，上岸去一見，他居然留我在署中作伴，並且委了我一個掛名的咨議，每月有不勞而獲的兩百塊錢俸金好領。這時候我剛在北京的一個大學裏畢業，暑假前因爲用功過度，患了一種失眠頭暈的惡症，見他留我的意很殷誠，我也就貓貓虎虎的住下了。

A城北面去城不遠，有一個公園。公園的四周，全是荷花水沼。園中的房舍，係雜築在水荇青荷的田裏，天候晴爽，時有住在城裏的富紳閨女和蘇揚的么妓，來此閒遊。我因爲生性孤僻，並且想靜養腦病，所以在A地住下之後，馬上托人關說，就租定了一間公園的茅亭，權當寓舍，然而人類是不喜歡單調的動物，獨居在湖上，日日與清風明月相周旋，也有時要感到割心的不快。所以在湖亭裏蟄居了幾天，我就開始作汗漫的閒行，若不到西城外的小山叢裏去俯仰看長江碧落，便也到城中市上，去和那些閒散的居民夾在一塊，尋一點小小的歡娛。

是到A城以後，將近兩個月的一天午後，太陽依舊是明和可愛，碧落依舊是澄靜高遙，在西城外各處小山上跑得累了，我就拖了很重的腳，走上接近西門的大觀亭去，想在那裏休息一下，再進城上酒樓去吃晚飯。原來這大觀亭，也是A城的一處名所，底下有明朝一位忠臣的墳墓，上面有幾處高敞的亭臺。朝南看去，越過飛逸的長江，便可看見江南的煙樹。北面窗外，就是那個三角形的長湖，湖的四岸，都是雜樹低岡，那一天天色很清，湖水也映得格外的沉靜，格外的藍碧。我走上觀亭樓上的時候，正廳及檻旁的客座已經坐滿了，不得已就走入間壁的廂廳裏，靠窗坐下。在躺椅上躺了一忽，半天的疲乏，竟使我陷入了很舒服的假寐之境。處了不曉多少時候，在似夢非夢的境界上，我的耳畔，忽而傳來了幾聲女孩兒的話聲。雖聽不清是什麼話，然而這話聲的主人，的確不是A城的居民，因爲語音粗硬，彷彿是淮揚一帶的腔調。

我在北京，雖則住了許多年，但是生來膽小，一直到大學畢業，從沒有上過一次妓館。平時雖則喜歡讀讀小說，畫畫洋畫，然而那些文藝界藝術界裏常常聽見的什麼戀愛，什麼浪漫史，卻與我一點兒緣分也沒有。可是我的身體構造，發育程序，當然和一般的青年一樣，脈管裏也有熱烈的血在流動，官能性器，並沒有半點缺陷。二十六歲的青春，時時在我的頭腦裏筋肉裏呈不穩的現象，對女性的渴慕，當然也是有的。並且當出京以前，還有幾個醫生，將我的腦病，歸咎在性欲的不調，勸我多交幾位男女朋友，可以消散消散胸中堆積著的憂悶。更何況久病初癒，體力增進，血的循環，正是速度增加到頂點的這時候呢？所以我在幻夢與現實的交叉點上，一聽到這異性的喉音，神經就清醒興奮起來了。

從躺椅上站起，很急速地擦了一擦眼睛，走到隔一重門的正廳裏的時候，我看到廳前門外迴廊的檻上，憑立著幾個服色奇異的年輕的幼婦。

她們面朝著檻外，在看揚子江裏的船隻和江上的斜陽，背形服飾，一眼看來，都是差不多的。她們大約都只有十七八歲的年紀，下面著的，是剛在流行的大腳褲，顏色彷彿全是玄色，上面的衣服，卻不一樣。第二眼再仔細看時，我才知道她們共有三人，一個是穿紫色大團花緞的圓角夾衫，一個穿的是深藍素緞，還有一個是穿著黑華絲葛的薄棉襖的。中間的那個穿藍素緞的，偶然間把頭回望了一望，我看出一個小小的橢圓形的嫩臉，和她的同伴說笑後尚未收斂起的笑容，她很不經意地把頭朝回去了，但我卻在腦門上受了一次大大的棒擊。這清冷的A城內，攏總不過千數家人家，除了幾個妓館裏的放蕩的么妓而外，從未見過有這樣豁達的女子，這樣可愛的少女，毫無拘束地，三五成群，當這個晴和的午後，來這個不大流行的名所，賞玩風光的。我一時風魔了理性，不知不覺，竟在她們的背後，正廳的中間，呆立了幾分鐘。

茶博士打了一塊手巾過來，問我要不要吃點點心，同時她們也朝轉來向我看了，我才漲紅了臉，慌慌張張的對茶博士說：

「要一點！要一點！有什麼好吃的？」

大約因爲我的樣子太倉皇了吧？茶博士和她們都笑了起來。我更急得沒法，便回身走回廂廳的座裏去。臨走時向正廳上各座位匆匆的瞥了一眼，我只見滿地的花生瓜子的殘皮，和幾張桌上的空空的雜亂擺著的幾隻茶壺茶碗，這時候許多遊客都已經散了。「大約在這一座亭臺裏流連未去的，只有我和這三位女子了吧！」走到了座位，在昏亂的腦裏，第一著想起來的，就是這一個思想。茶博士接著跟了過來，手裏肩上，搭著幾塊手巾，笑迷迷地又問我要不要什麼吃的時候，我心裏才鎮靜了一點，向窗外一看，太陽已經去小山不盈丈了，即便搖了搖頭，付清茶錢，同逃也似的走下樓來。

我走下扶梯，轉了一個彎走到樓前向下降的石級的時候，舉頭一望，看見那三位少女，已經在我的先頭，一邊談話，一邊也在循了石級，走回家去。我的稍稍恢復了一點和平的心裏，這時候又起起波浪來了，便故意放慢了腳步，想和他們離開遠些，免得受了人家的猜疑。

畢竟是日暮的時候，在大觀亭的小山上一路下來，也不曾遇見別的行人。可是一到山前的路上，便是一條西門外的大街，街上行人很多，兩旁盡是小店，盡跟在年輕的姑娘們的後面走進城去，實在有點難看。我想就在路上雇車，而這時候洋車夫又都不知上哪裡去了，一乘也沒有瞧見；想放大膽子，率性趕上前去，追過她們的頭，但是一想起剛才在大觀亭上的那種醜態，又恐被她們認出，再惹一場笑話。心裏忐忑不安，誠惶誠恐地跟在她們後面，走進西門的時候，本來是黝暗狹小的街上，已經泛流著暮景，店家就快要上燈了。

西門內的長街，往東一直可通到城市的中心最熱鬧的三牌樓大街，但我因為天已經晚了，不願再上大街的酒館去吃晚飯，打算在北門附近橫街上的小酒館裏吃點點心，就出城回到寓舍裏去，正在心中打算，想向西門內大街的叉路裏走往北去，她們三個，不知怎麼的，已經先我轉彎，往北的彎了過去。這時候我因為已經跟她們走了半天了，膽量已比從前大了一點，並且好奇心也在開始活動，有「率性跟她們一陣，看她們到底走上什麼地方去」的心思。

走過了司下坡，進了青天白日的舊時的道臺衙門，往後門穿出，由楊家拐拐往東去，在一條橫街的旅館門口，她們三人同時舉起頭來對了立在門口的一位五十來歲的姥姥笑著說：「您站在這兒幹嘛？」這是那位穿黑衣的姑娘說的，的確是天津話。這時候我已走近她們的身邊了，所以她們的談話，我句句都聽得很清楚。那姥姥就拉著了那黑衣姑娘說，「臺上就快開鑼了，老闆也來催過，你們若再遲回來一點兒，我就想打發人來找你們哩，快吃晚飯去吧！」啊啊，到這裏我才知道她們是在行旅中的髦兒戲子，怪不得她們的服裝，是那樣奇特，行動是那樣豁達的。天色已經黑了，橫街上的幾家小舖子裏，也久已上了燈火。街上來往的人跡，漸漸的稀少了下去，打人家的門口經過，老闆得出油煎蔬菜的味兒和飯香來，我也覺著有點饑餓了。

說到戲園，這斗大的A城裏，原有一個，不過常客很少的這戲園，在A城的市民生活上，從不佔有什麼重大的位置，有一次，我從北門進城來，偶爾在一條小小的曲巷口，從澄清的秋氣中聽見了幾陣鑼鼓聲音，順便踏進去一看，看見了一間破爛的屋裏，黑黝黝的聚集了三四十人坐在臺前。坐的桌子椅子，當然也是和這戲園相稱的許多白木長條。戲園內光線也沒有，空氣也不通，我看了一眼，心裏就害怕了，即便退了出來。像這樣的戲園，當然聘不起名角的。來演的頂多大約是些行旅的雜湊班或是平常演神戲的水陸班子。所以我到了A城兩個多月，竟沒有注意過這戲園的角色戲目。這一回偶然遇到了那三個女孩兒，我心裏卻起了一種奇異的感想，所以在大街上的一家菜館裏坐定之後，就教夥計把今天的報拿了過來。一邊在等著晚飯的菜，一邊拿起報來就在灰黃的電燈下看上戲園的廣告上去。果然在第二張新聞的後半封面上，用二號活字，排著「禮聘超等文武須生謝月英本日登臺，女伶泰斗」的幾個字，在同排上還有「李蘭香著名青衣花旦」、「陳蓮奎獨一無二女界黑頭」的兩個配角。本晚她們所演的戲是最後一齣《二進宮》。

我在北京的時候，胡同雖則不去逛，但是戲卻是常去聽的。那一天晚上一個人在菜館裏吃了一點酒，忽然動了興致，付賬下樓，就決定到戲園裏去坐它一坐。日間所見的那幾位姑娘，當然也是使我生出這異想來的一個原因。因爲我雖在那旅館門口，聽見了一二句她們的談話。然而究竟她們是不是女伶呢？聽說寄住在旅館裏的娼妓也很多，她們或許也是賣笑者流吧？並且若是她們果真是女伶，那麼她們究竟是不是和謝月英在一班的呢？若使她們真是謝月英一班的人物，那麼究竟誰是謝月英呢？這些無關緊要、沒有價值的問題，平時再也不會上我的腦子的問題，這時候大約因爲我過的生活太單調了，腦子裏太沒有什麼事情好想了，一路上用牙籤刮著牙齒，俯倒了頭，竟接二連三的占住了我的思索的全部。在高低不平的灰暗的街上走著，往北往西的轉了幾個彎，不到十幾分鐘，就走到了那個我曾經去過一次的倒楣的戲園門口。

幸虧是晚上，左右前後的坍敗情形，被一盞汽油燈的光，遮掩去了一點。到底是禮聘的名角登臺的日子，門前賣票的柵欄口，竟也擠滿了許多中產階級的先生們。門外路上，還有許多遊手好閒的第四階級的民眾，張開了口在那裏看汽油燈光，看熱鬧。

我買了一張票，從人叢和鑼鼓聲中擠了進去，在第三排的一張正面桌上坐下了。戲已經開演了好久，這時候臺上正演著第四齣的《泗洲城》。那些女孩子的跳打，實在太不成話了。我就咬著瓜子，盡在看戲場內的周圍和座客的情形。場內點著幾盞黃黃的電燈，正面廳裏，也擠滿了二三百人的座客。廳旁兩廂，大約是二等座位，那裏盡是些穿灰色制服的軍人。兩廂及後廳的上面，有一層環樓，樓上只坐著女眷。正廳的一二三四排裏，坐了些年紀很輕，衣服很奢麗的，在中國的無論哪一個地方都有的時髦青年。他們好像是常來這戲園的樣子，大家都在招呼談話，批評女角，批評樓上的座客，有時笑笑，有時互打瓜子皮兒，有時在竊竊作密語。《泗洲城》下臺之後，臺上的汽油燈，似乎加了一層光，我的耳畔，忽然起了一陣喊聲，原來是《小上墳》上臺了，左右前後的那些唯美主義者，彷彿在替他們的祖宗爭光彩，看了淫艷的那位花旦的一舉一動，就拚命的叫噪起來，同時還有許多哄笑的聲音。肉麻當有趣，我實在被他們弄得坐不住了，把腰部升降了好幾次，想站起來走，但一邊想想看，底下橫豎沒有幾齣戲了，且咬緊牙齒忍耐著，就等它一等吧！

好容易捱過了兩個鐘頭的光景，臺上的鑼鼓緊敲了一下，冷了一冷臺，底下就是最後的一齣《二進宮》了。果然不錯，白天的那個穿深藍素緞的姑娘扮的是楊大人，我一見她出臺，就不知不覺的漲紅了臉，同時耳畔又起了一陣雷也似的喊聲，更加使我頭腦昏了起來，她的扮相真不壞，不過有鬍鬚帶在那裏，全部的臉子，看不清楚，但她那一雙迷人的眼睛，時時往臺下橫掃的眼睛，實在有使這一班遊蕩少年驚魂失魄的力量。她嗓音雖不洪亮，但辨字辨得很清，氣也接得過來，拍子尤其工穩。在這一個小小的A城裏，在這一個坍敗的戲園裏，她當然是可以壓倒一切了。不知不覺的中間，我也受了她的催眠暗示，一直到散場的時候止，我的全副精神，都灌注在她一個人的身上，其他的兩個配角，我只知道扮龍國太的，便是白天的那個穿紫色夾衫的姑娘，扮千歲爺的，定是那個穿黑衣黑褲的所謂陳蓮奎。

她們三個人中間，算陳蓮奎身材高大一點，李蘭香似乎太短小了，不長不短，處處合宜的，還是謝月英，究竟是名不虛傳的超等名角。

那一天晚上，她的掃來掃去的眼睛，有沒有注意到我，我可不知道。但是戲散之後，從戲園子裏出來，一路在暗路上摸出城去，我的腦子裏盡在轉念的，卻是這幾個名詞：

「噢！超等名角！」

「噢！文武須生！」

「謝月英！謝月英！」

「好一個謝月英！」

二

閒人的閒腦，是魔鬼的工場，我因為公園茅亭裏的閒居生活單調不過，也變成了那個小戲園的常客了，誘引的最有力者，當然是謝月英。

這時候節季已經進了晚秋，那一年的A城，因為多下了幾次雨，天氣已變得很涼冷了。自從那一晚以後，我天天早晨起來，在茅亭的南窗外階上躺著享太陽，一手裏拿一杯熱茶，一隻手裏拿一張新聞，第一注意閱讀的，就是廣告欄裏的戲目，和那些A地的地方才子（大約就是那班戲園內拚命叫好的才子罷）所做的女伶的身世和劇評。一則因爲太沒有事情幹，二則因爲所帶的幾本小說書，都已看完了，所以每晚閒來無事，終於還是上戲園去聽戲，並且謝月英的唱做，的確也還過得去，與其費盡了腳力，無情無緒的冒著寒風，去往小山上奔跑，倒還不如上戲園去坐坐的安閒。於是在晴明的午後，她們若唱戲，我也沒有一日缺過席，這是我見了謝月英之後，新改變的生活方式。

寒風一陣陣的緊起來，四周遼闊的這公園附近的荷花樹木，也都凋落了。田塍路上的野草，變成了黃色，舊日的荷花池裏，除了幾根零殘的荷根而外，只有一處一處的瀦水在那裏迎送秋陽，因爲天氣涼冷了的緣故，這十里荷塘的公園遊地內，也很少有人來，在淡淡的夕陽影裏，除了西飛的一片烏鴉聲外，只有幾個沉默的佃家，站在泥水中間挖藕的聲音。我的茅亭的寓舍，到了這時候，已經變成了出世的幽棲之所，再往下去，怕有點不可能了。況且因爲那戲園的關係，每天晚上，到了夜深，要守城的員警開門放我出城，出城後，更要在孤靜無人的野路上走半天冷路，實在有點不便，於是我的搬家的決心，也就一天一天的堅定起來了。

像我這樣的一個獨身者的搬家問題，當然是很簡單，第一那位父執的公署裏，就可以去住，第二若嫌公署裏繁雜不過，去找一家旅館，包一個房間，也很容易。可是我的性格，老是因循苟且，每天到晚上從黑暗裏摸回家來，就決定次日一定搬家，第二天一定去找一個房間，但到了第二天的早晨，享享太陽，喝喝茶，看看報，就又把這事擱起了。到了午後，就是照例的到公署去轉一轉，或上酒樓去吃點酒，晚上又照例的到戲園子去，像這樣的生活，不知不覺，竟過了兩個多星期。

正在這個猶豫的期間裏，突然遇著了一個意想不到的機會，竟把我的移居問題解決了。

大約常到戲園去聽戲的人，總有這樣的經驗的罷？幾個天天見面的常客，在不知不覺的中間，很容易聯成朋友。尤其是在戲園以外的別的地方突然遇見的時候，兩人就會老朋友似的招呼起來。有一天黑雲飛滿空中，北風吹得很緊的薄暮，我從剃頭舖裏修了面出來，在剃頭舖門口，突然遇見一位衣冠很瀟灑的青年。他對我微笑著點了一點頭，我也笑了一臉，回了他一個禮。等我走下臺階，立著和他並排的時候，他又笑迷迷地問我說：「今晚上仍舊去安樂園麼？」到此我才想起了那個戲園，——原來這戲園的名字叫安樂園——和在戲臺前常見的這一個小白臉，往東和他走了二三十步路，同他談了些女伶做唱的評話。我們就在三叉路口走分散了。

那一天晚上，在城裏吃過晚飯，我本不想再去戲園，但因為出城回家，北風刮得很冷，所以路過安樂園的時候，便也不自意識地踏了進去，打算權坐一坐，等風勢殺一點後再回家去。誰知一入戲園，那位白天見過的小白臉跑過來和我說話了。他問了我的姓名職業住址後，對我就恭維起來，我聽了雖則心裏有點不舒服，但遇在這樣悲涼的晚上，又處在這樣孤冷的客中，有一個本地的青年朋友，談談閒話，也算不壞，所以就也和他說了些無聊的話。等到我告訴他一個人獨寓在城外的公園，晚上回去——尤其是像這樣的晚上——真有些膽怯的時候，他就跳起來說：

「那你爲什麼不搬到謝月英住的那個旅館裏去呢？那地方去公署不遠，去戲園尤其近。今晚上戲散之後，我就同你去看看，好麼？順便也可以去看看月英和她的幾個同伴。」

他說話的時候，很有自信，彷彿謝月英和他是很熟似的。我在前面也已經說過，對於逛胡同，訪女優，一向就沒有這樣的經驗，所以聽了他的話，竟紅起臉來。他就嘲笑不像嘲笑，安慰不像安慰似的說：

「你在北京住了這許多年，難道這一點經驗都沒有麼？訪問訪問女戲子，算什麼一回事？並不是我在這裏對外鄉人吹牛皮，識時務的女優到這裏的時候，對我們這一輩人，大約總不敢得罪的，今晚上你且跟我去看看謝月英在旅館裏的樣子罷！」

他說話的時候，很表現著一種得意的神情，我也不加可否就默笑著，注意到臺上的戲上去了。在戲園子裏一邊和他談話，一邊想到戲散之後，究竟還是去呢不去的問題，時間過去得很快，不知不覺的中間，七八齣戲已經演完，臺前的座客便嘈嘈雜雜的立起來走了。

臺上的煤氣燈吹熄了兩張，只留著中間的一張大燈，還在照著雜役人等掃地，疊桌椅。這時候臺前的座客也走得差不多了，鑼鼓聲音停後的這破戲園內的空氣，變得異常的靜默肅條。臺房裏那些女孩們嘻嘻叫喚的聲氣，在池子裏也聽得出來。

我立起身來把衣帽整了一整，猶豫未決地正想走的時候，那小白臉卻拉著我的手說：

「你慢著，月英還在後臺洗臉哩，我先和你上後臺去瞧一瞧罷！」

說著他就拉了我爬上戲臺，直走到後臺房裏去。臺房裏還留著許多搶演末一齣戲的女孩們，正在黃灰灰的電燈光裏卸妝洗手臉。亂雜的衣箱，亂雜的盔帽，和五顏六色的刀槍器具，及花花綠綠的人頭人面衣裳之類，與一種雜談聲，哄笑聲緊擠在一塊，使人一見便能感到一種不規則無節制的生活氣氛來。我羞羞澀澀地跟了這一位小白臉，在人叢中擠過了好一段路，最後在東邊屋角盡處，才看見了陳蓮奎謝月英等的卸妝地方。

原來今天的壓臺戲是《大回荊洲》，所以她們三人又是在一道演唱的。謝月英把袍服脫去，只穿了一件粉紅小襖，在朝著一面大鏡子擦臉。她腰裏緊束著一條馬帶，所以穿黑褲子的後部，突出得很高。在暗淡的電燈光裏，我一看見了她這一種形態，心裏就突突的跳起來了，又哪裡經得起那小白臉的一番肉麻的介紹呢？他走近了謝月英的身後，拿了我的右手，向她的肩上一拍，裝著一臉純肉感的嘻笑對她說：

「月英！我替你介紹了一位朋友，這一位王先生，是我們省長舒先生的至戚，他久慕你的盛名了，今天我特地拉他來和你見見。」

謝月英回轉頭來，「我的媽嚇」的叫了一聲，佯嗔假喜的裝著驚恐的笑容，對那小白臉說：

「陳先生，你老愛那麼動手動腳，駭死我了。」

說著，她又回過眼來，對我斜視了一眼，口對著那小白臉，眼卻瞟著我的說：

「我們還要你介紹麼？天天在臺前頭見面，還怕不認得麼？」

我因爲那所謂陳先生拿了我的手拍上她的肩去之後，一面感著一種不可名狀的電氣，心裏同喝醉酒了似的在起混亂，一面聽了她那一句動手動腳的話，又感到了十二分的羞愧。所以她的頻頻送過來的眼睛，我只漲紅了臉，伏倒了頭，默默的在那裏承受。既不敢回看她一眼，又不敢說出一句話來。

一邊在髦兒戲房裏特別聞得出來的那一種香粉香油的氣味，不知從何處來的，盡是一陣陣的撲上鼻來，弄得我吐氣也吐不舒服。

我正在局促難安，走又不是，留又不是的當兒，謝月英彷彿想起了什麼似的，和在她邊上站著，也在卸妝梳洗的李蘭香咬了一句耳朵。李蘭香和她都含了微笑，對我看了一眼。謝月英又朝李蘭香打了一個招呼，彷彿是在促她承認似的。李蘭香笑了笑，點了一點頭後，謝月英就親親熱熱的對我說：

「王先生，您還記得麼？我們初次在大觀亭見面的那一天的事情？」說著她又笑了起來。

我漲紅的臉上又加了一陣紅，也很不自然地裝了臉微笑，點頭對她說：

「可不是嗎？那時候是你們剛到的時候吧？」

她們聽了我的說話聲音，三個人一齊朝了轉來，對我凝視。那高大的陳蓮奎，並且放了她同男人似的喉音，問我說：

「您先生也是北京人嗎？什麼時候到這兒來的？」

我囁嚅地應酬了幾句，實在覺得不耐煩了——因爲怕羞得厲害——所以就匆匆地促那一位小白臉的陳君，一道從後門跑出到一條狹巷裏來，臨走的時候，陳君又回頭來對謝月英說：

「月英，我們先到旅館裏去等你們，你們早點回來，這一位王先生要請你們吃點心哩！」

手裏拿了一個包袱，站在月英等身旁的那個姥姥，也裝著笑臉對陳君說：

「陳先生！我的白乾兒，你別忘記啦！」

陳君也呵呵呵呵的笑歪了臉，斜側著身子，和我走了出來。一出後門，天上的大風，還在嗚嗚的刮著，尤其是漆黑漆黑的那狹巷裏的冷空氣，使我打了一個冷痙。那濃艷的柔軟的香溫的後臺的空氣，到這裏才發生了效力，使我生出了一種後悔的心思，悔不該那麼急促地就離開了她們。

我仰起來看看天，蒼紫的寒空裏澄練得同冰河一樣，有幾點很大很大的秋星，似乎在風中搖動。近邊有一隻野犬，在那裏迎著我們嗚叫。又嗚嗚的劈面來了一陣冷風，我們卻摸出了那條高低不平的狹巷，走到了燈火清熒的北門大街上了。

街上的小店，都關上了門，間著很長很遠的間隔，有幾盞街燈，照在清冷寂靜的街上。我們踏了許多模糊的黑影，向南的走往那家旅館裏去，路上也追過了幾組和我們同方向走去的行人。這幾個人大約也是剛從戲園子裏出來，慢慢的走著，一邊他們還在評論女角的色藝，也有幾個在幽幽地唱著不合腔的皮簧的。

在橫街上轉了彎，走到那家旅館門口的時候，旅館裏的茶房，好像也已經被北風吹冷，躲在棉花被裏了。我們在門口寒風裏立著，兩個都默默的不說一句話，等茶房起來開大門的時候，只看見灰塵積得很厚的一盞電燈光，照著大新旅館的四個大字，毫無生氣，毫無熱意的散射在那裏。

那小白臉的陳君，好像真是常來此地訪問謝月英的樣子，他對了那個放我們進門之後還在擦眼睛的茶房說了幾句話，那茶房就帶我們上裏進的一間大房裏去了。這大房當然是謝月英她們的寓房，房裏縱橫疊著些衣箱洗面架之類。朝南的窗下有一張八仙桌擺著，東西北三面靠牆的地方，各有三張床舖舖在那裏，東北角裏，帳子和帳子的中間，且斜掛著一道花布的簾子。房裏頭收拾得乾淨得很，桌上的鏡子粉盒香煙罐之類，也整理得清清楚楚，進了這房，誰也感得到一種閒適安樂的感覺。尤其是在這樣的晚上，能使人更感到一層熱意的，是桌上掛在那裏的一盞五十支光的白熱的電燈。

陳君坐定之後，叫茶房過來，問他有沒有房間空著了。他抓抓頭想了一想，說外進有一間四十八號的大房間空著，因為房價太大，老是沒人來住的。陳君很威嚴的吩咐他去收拾乾淨來，一邊卻回過頭來對我說：

「王君！今晚上風刮得這麼厲害，並且吃點點心，談談閒話，總要到一兩點鐘才能回去。夜太深了，你出城恐怕不便，還不如在四十八號住它一晚，等明天老闆起來，順便就可以和他辦遷居的交涉，你說怎麼樣？」

我這半夜中間，被他弄得昏頭昏腦，尤其是從她們的後臺房裏出來之後，又走到了這一間嬌香溫暖的寢房，正和受了狐狸精迷的病人一樣，自家一點兒主張也沒有了，所以只是點頭默認，由他在那裏擺布。

他叫我出去，跟茶房去看了一看四十八號的房間，便又命茶房去叫酒菜。我們走回到後進謝月英的房裏坐定之後，他又翻來翻去翻了些謝月英的扮戲照相出來給我看，一張和李蘭香照的《武家坡》，似乎是在A地照的，扮相特別的濃艷，姿勢也特別的有神氣。我們正在翻看照相，批評她們的唱做的時候，門外頭的車聲雜談聲，哄然響了一下，接著果然是那個姥姥，背著包袱，叫著跑進屋裏來了。

「陳先生！你們候久了吧！那可氣的皮車，叫來叫去都叫不著，我還是走了回來的呢！倒還是我快，你說該死不該死？」

說著，她走進了房，把包袱藏好在東北角裏的布簾裏面，以手往後面一指說：

「她們也走進門來了！」

她們三人一進房來之後，房內的空氣就不同了。陳君的笑話，更是層出不窮，說得她們三個，個個都彎腰捧肚的笑個不了。還有許多隱語，我簡直不能瞭解的，而在她們，卻比什麼都還有趣。陳君只須開口題一個字，她們的正想收斂起來的哄笑，就又會勃發起來。後來弄得送酒菜來的茶房，也站著不去，在邊上湊起熱鬧來了。

這一晚說說笑喝喝酒，陳君一直鬧到兩點多鐘，方才別去，我就在那間四十八號的大房裏住了一晚。第二天起來，和賬房辦了一個交涉，我總算把我的遷居問題，就這麼的在無意之中解決了。

三

這一間房間，倒是一間南房，雖然說是大新旅館的最大的客房，然而實際上不過是中國舊式的五開間廳屋旁邊的一個側院。大約是因爲旅館主人想省幾個木匠板料的錢，所以沒有把它隔斷。我租定了這間四十八號房之後，心裏倒也快活得很，因爲在我看來，也算是很麻煩的一件遷居的事情，就可以安全簡捷地解決了。

第二天早晨十點鐘前後，從夜來的亂夢裏醒了過來，看看房間裏從階沿上射進來的陽光，聽聽房外面時斷時續的旅館裏的茶房等雜談行動的聲音，心裏卻感著一種莫名其妙的喜悅。所以一起來之後，我就和旅館老闆去辦交涉，請他低減了房金，預付了他半個月的房錢，便回到城外公園的茅亭裏去把衣箱書箱等件，搬移了過來。

這一天是星期六，安樂園午後本來是有日戲的，但我因爲昨晚上和她們胡鬧了一晚，心裏實在有點害羞，怕和她們見面，終於不敢上戲園裏去，所以吃完中飯以後，上公署去轉了一轉，就走回了旅館，在房間裏坐著呆想。

晚秋的晴日，真覺得太挑人愛，天井裏窺俯下來的蒼空，和街市上小孩們的歡樂的噪聲，盡在誘動我的遊思，使我一個人坐在房裏，感到了許多壓不下去的苦悶。勉強的想拿出幾本愛讀的書來鎮壓放心，可是讀不了幾頁，我的心思，就會想到北門街上的在太陽光裏來往的群眾，和在那戲臺前頭緊擠在一塊的許多輕薄少年的光景上去。

在房裏和囚犯似的走來走去的走了半天，我覺得終於是熬忍不過去了，就把桌上擺著的呢帽一拿，慢慢的踱出旅館來。出了那條旅館的橫街，在丁字路口，正在計算還是往南呢往北的中間，後面忽而來了一隻手，在我肩上拍了兩拍，我駭了一跳，回頭來一看，原來就是昨晚的那位小白臉的陳君。

他走近了我的身邊，向我說了幾句恭賀喬遷的套話以後，接著就笑說：

「我剛上旅館去問過，知道你的行李已經搬過來了，真敏捷啊！從此你這近水樓臺，怕有點危險了。」

呵呵呵的笑了一陣，我倒被他笑紅起臉來了，然而兩隻腳卻不知不覺的竟跟了他走向北去。兩人談著，沿了北門大街，在向安樂園去的方面走了一段，將到進戲園去的那條狹巷口的時候，我的意識，忽而回復了轉來，一種害羞的疑念，又重新罩住了我的心意，所以就很堅決的對陳君說：

「今天我可不能上戲園去，因爲還有一點書籍沒有搬來，所以我想出城再上公園去走一趟。」

說完這話，已經到了那條巷口了，鑼鼓聲音也已聽得出來，陳君拉了我一陣，勸我戲散之後再去不遲，但我終於和他分別，一個人走出了北門，走到那荷田中間的公園裏去。

大約因為是星期六的午後的原因，公園的野路上，也有幾個學生及紳士們在那裏遊走。我背了太陽光走，到東北角的一間茶樓上去坐定，眼看著一碧的秋空，和四面的野景，心裏盡在跳躍不定，彷佛是一件大事，將要降臨到我頭上來的樣子。

賣茶的夥計，因為住久相識了，過來說了幾句閒話之後。便自顧自的走下樓去享太陽去了，我一個人就把剛才那小白臉的陳君所說的話從頭細想了一遍。

說到我這一次的搬家，實在是必然的事實，至於搬上大新旅館去住，也完全是偶然的結果。謝月英她們的色藝，我並沒有怎麼樣的傾倒佩服；天天去聽她們的戲，也不過是一種無聊時的解悶的行為，昨天晚上的去訪問，又不是由我發起，並且戲散之後，我原是想立起來走的。想到了這種種否定的事實，我心裏就寬了一半，剛才那陳君說的笑話，我也以這幾種事實來作了辯護。然而辯護雖則辯了，而心裏的一種不安，一種想到戲園裏去坐它一二個鐘頭的渴望，仍復在燃燒著我的心，使我不得安閒。

我從茶樓下來，對西天的斜日迎走了半天，看看公園附近的農家在草地上堆疊乾草的工作，心裏終想走回安樂園去，因為這時候謝月英她們恐怕還在臺上，記得今天的報上登載在那裏的是李蘭香和謝月英的末一齣《三娘教子》。

一邊在作這種想頭，一邊竟也不自意識地一步一步走進了城來。沿北門大街走到那條巷口的時候，我竟在那裏立住了。然而這時候進戲園去，第一更容易招她們及觀客們的注意，第二又覺得要被那位小白臉的陳君取笑，所以我雖在巷口呆呆立著，而進的決心終於不敢下，心裏卻在暗暗抱怨陳君，和一般有秘密的人當秘密被人家揭破時一樣。

在巷口立了一陣，走了一陣，又回到巷口去了一陣，這中間短促的秋日，就蒼茫地晚了。我怕戲散之後，被陳君捉住，又怕當謝月英她們出來的時候，被她們看見，所以就急急的走回到旅館裏來，這時候，街上的那些電力不足的電燈，也已經黃黃的上了火了。

在旅館裏吃了晚飯，我幾次的想跑到後進院裏去看她們回來了沒有，但終被怕羞的心思壓制了下去。我坐著吸了幾枝煙，上旅館門口去裝著閒走無事的樣子走了幾趟，終於見不到她們的動靜，不得已就只好仍復照舊日的課程，一個人慢慢從黃昏的街上走到安樂園去。

究竟是星期六的晚上，時候雖則還早，然而座客已經在臺前擠滿了。我在平日常坐的地方托茶房辦了一個交涉插坐了進去，臺上的戲還只演到了第三齣。坐定之後，向四邊看了一看，陳君卻還沒有到來。我一半是喜歡，喜歡他可以不來說笑話取笑我，一半也在失望，恐怕他今晚上終於不到這裏來，將弄得臺前頭叫好的人少去一個，致謝月英她們的興致不好。

戲目一齣一齣的演過了，而陳君終究不來，到了最後的一齣《逼宮》將要上臺的時候，我心裏真同洪水暴發時一樣，同時感到了許多羞懼，喜歡，懊惱，後悔等起伏的感情。

然而謝月英、陳蓮奎終究上臺了，我漲紅了臉，在人家喝彩的聲裏瞪著兩眼，在呆看她們的唱做。謝月英果然對我瞟了幾眼，我這時全身就發了熱，彷彿滿院子的看戲的人都已經識破了我昨晚的事情在凝視我的樣子，耳朵裏嗡嗡的響了起來。鑼鼓聲雜噪聲和她們的唱戲的聲音都從我的意識裏消失了過去，我只在聽謝月英問我的那句話「王先生，您還記得麼，我們初次在大觀亭見面的那一天的事情？」接著又昏昏迷迷的想起了許多昨晚上她的說話，她的動作，和她的著服平常的衣服時候的聲音笑貌來。覃覃覃覃的一響，戲演完了，我正同做了一場熱病中的亂夢之後的人一樣，急紅了臉，夾著雜亂，一立起就拚命的從人叢中擠出了戲院的門。「她們今晚上唱的是什麼？我應當走上什麼地方去？現在是什麼時候了？」的那些觀念，完全從我的意識裏消失了，我的腦子和癡呆者的腦子一樣，已經變成了一個一點兒皺紋也沒有的虛白的結晶。

在黑暗的街巷裏跑來跑去不知跑了多少路，等心意恢復了一點平穩，頭腦清醒一點之後，摸走回來，打開旅館的門，回到房裏去睡的時候，近處的雄雞，的確有幾處在叫了。

說也奇怪，我和謝月英她們在一個屋頂下住著，並且吃著一個鍋子的飯，而自我那一晚在戲臺上見她們之後，竟有整整的三天，沒有見到她們。當然我想見她們的心思是比什麼都還要熱烈，可是一半是怕羞，一半是怕見了她們之後，又要興奮得同那晚從戲園子裏擠出來的時候一樣，心裏也有點恐懼，所以故意的在避掉許多可以見到她們的機會。自從那一晚後，我戲園裏當然是不去了，那小白臉的陳君也奇怪得很，在這三天之內，竟絕跡的沒有上大新旅館裏來過一次。

自我搬進旅館去後第四天的午後兩點鐘的時候，我吃完午飯，剛想走到公署裏去，忽而在旅館的門口遇到了謝月英。她也是一個人在想往外面走，可是有點猶豫不決的樣子，一見了我，就叫我說：

「王先生！你上哪兒去呀？我們有幾天不見了，聽說你也搬上這兒來住了，真的麼？」

我因為旅館門口及廳上有許多閒雜人在立著呆看，所以臉上就熱了起來，盡是含糊囁嚅的回答她說「是！是！」她看了我這一種窘狀，好像是很對我不起似的，一邊放開了腳，向前走出門來，一邊還在和我支吾著說話，彷彿是在教我跟上去的意思。我跟著她走出了門，走上了街，直到和旅館相去很遠的一處巷口轉了彎，她才放鬆了腳步，和我並排走著，一邊很切實地對我說：

「王先生！我想上街上買點東西，姥姥病倒了，不能和我出來，你有沒有時間，可以和我一道去？」

我的被攪亂的神志，到這裏才清了一清，聽了她這一種切實的話，當然是非常喜歡的，所以走出巷口，就叫了兩乘洋車，陪她一道上大街上去。

正是午後剛熱鬧的時候，大街上在太陽光裏走著的行人也很擁擠，所以車走得很慢，我在車上，問了她想買的是什麼，她就告訴說：

「天氣冷了，我想新做一件皮襖，皮是帶來了，可是面子還沒有買好，偏是姥姥病了，李蘭香也在發燒，是和姥姥一樣的病，所以沒有人和我出來，蓮奎也不得不在家裏陪她們。」

說著我們的車，已經到了A城最熱鬧的那條三牌樓大街了。在一家綢緞洋貨舖門口下了車，我給車錢的時候，她回過頭來對我很自然地呈了一臉表示感謝的媚笑。我從來沒有陪了女人上舖子裏去買過東西，所以一進店舖，那些夥計們擠攏來的時候，我又漲紅了臉。

她靠住櫃檯，和夥計在說話，我一個人盡是紅了臉躲在她的背後不敢開口。直到緞子拿了出來，她問我關於顏色的花樣等意見的時候，我才羞羞縮縮地挨了上去，和她並排地立著。

剪好了緞子，步出店門，我問她另外有沒有什麼東西買的時候，她又側過臉來，對我斜視了一眼，笑著對我說：

「王先生！天氣這麼的好，你想上什麼地方去玩去不想？我這幾天在房裏看她們的病可真看得悶起來了。」

聽她的話，似乎李蘭香和姥姥已經病了兩三天了，病症彷彿是很重的流行性感冒。我到此地才想起了這幾天報上不見李蘭香配戲的事情，並且又發見了到大新旅館以後三天不曾見她們面的原委，兩人在熱鬧的大街上談談走走，不知不覺竟走到了出東門去的那條大街的口上。一直走出東門，去城一二里路，有一個名刹迎江寺立著，是A城最大的一座寺院，寺裏並且有一座寶塔憑江，可以拾級攀登，也算是A城的一個勝景。我於是乎就約她一道出城，上這一個寺裏去逛去。

四

迎江寺的高塔，返映著眩目的秋陽，突出了黃牆黑瓦的幾排寺屋，倒影在淺淡的長江水裏。無窮的碧落，因這高塔的一觸，更加顯出了它面積的浩蕩，悠閒自在，似乎在笑祝地上人世的經營，在那裏投散它的無微不至的恩賜。我們走出東門後，改坐了人力車，在寺前階下落車的時候，早就感到了一種悠遊的閒適氣氛，把過去的愁思和未來的憂苦，一切都抛在腦後了。謝月英忘記了自己是一個女優，一個以供人玩弄爲職業的婦人，我也忘記了自己是爲人在客。從石級上一級一級走進山門去的中間，我們竟向兩旁坐在石級上行乞的男女施捨了不少的金錢。

走進了四天王把守的山門，向朝江的那位布袋佛微微一笑。她忽而站住了，貼著我的側面，輕輕的仰視著我問說：

「我們香也不燒，錢也不寫，像這樣的白進來逛，可以的麼？」

「那怕什麼！名山勝地，本來就是給人家遊逛的地方，怕它幹嘛！」

穿過了大雄寶殿，走到後院的中間，那一座粉白的寶塔上部，就壓在我們的頭上了，月英同小孩子似的跳了起來，嘴裏叫著，「我們上去吧！我們上去吧！」一邊她的腳卻向前跳躍了好幾步。

塔院的周圍，有幾個鄉下人在那裏膜拜。塔的下層壁上，也有許多墨筆鉛筆的詩詞之類，題在那裏。壁龕的佛像前頭，還有幾對小蠟燭和線香燒著，大約是剛由本地的善男信女們燒過香的。

塔弄得很黑。一盞終年不熄的煤油燈光，照不出腳下的行路來，我在塔前買票的中間，她似乎已經向塔的內部窺探過了，等我回轉身子找她進塔的時候，她臉上卻裝著了一臉疑懼的苦笑對我說：

「塔的裏頭黑得很，你上前吧！我倒有點怕！」

向前進了幾步，在斜舖的石級上，被黑黝黝的空氣包住，我忽然感到了一種異樣的感情。在黑暗裏，我覺得我的臉也紅了起來，悶聲不響，放開大步向前更跨了一步，啪嗒的一響，我把兩級石級跨作了一級，踏了一腳空，竟把身子斜睡下來了。「小心！」的叫了一聲，謝月英搶上來把我挾住，我的背靠在她的懷裏，臉上更同火也似的燒了起來。把頭一轉，我更聞出了她「還好麼！還好麼！」在問我的氣息。這時候，我的意識完全模糊了，一種羞愧，同時又覺得安逸的怪感情，從頭上散行及我的腳上。我放開了一隻右手，在黑暗裏不自覺的摸探上她的支在我胸前的手上去。一種軟滑的，同摸在麵粉團似的觸覺，又在我的全身上通了一條電流。一邊斜靠在壁上，一邊緊貼上她的前胸，我默默的呆立了一二分鐘。忽兒聽見後面又有腳步聲來了，把她的手緊緊地一捏，我才立起身來，重新向前一步一步的攀登上塔。走上了一層，走了一圈，我也不敢回過頭來看她一眼，她也默默地不和我說一句話，盡在跟著我跑，這樣的又是一層，又走了一圈。一直等走到第五層的時候，覺得後面來登塔的人，已經不跟在我們的後頭了，我才走到了南面朝江的塔門口去站住了腳。她看我站住了，也就不跟過來，故意留在塔的外層，在朝西北看A城的煙戶和城外的鄉村。

太陽剛斜到了三十度的光景，揚子江的水面，顏色絳黃，絕似一線著色的玻璃，有許多同玩具似的帆船汽船，在這平穩的玻璃上游駛，過江隔岸，是許多同髮也似的叢林，樹林裏也有一點一點的白色紅色的房屋露著。在這些枯林房屋的背後，更有幾處淡淡的秋山，縱橫錯落，彷彿是被毛筆畫在那裏的樣子。包圍在這些山影房屋樹林的周圍的，是銀藍的天蓋，澄清的空氣，和飽滿的陽光。抬起頭來也看得見一縷兩縷的浮雲，但晴天浩大，這幾縷微雲對這一幅秋景，終不能加上些兒陰影。從塔上看下來的這一天午後的情景，實在是太美滿了。

我呆立了一會，對這四圍的風物凝了一凝神，覺得剛才的興奮漸漸兒的平靜了下去。在塔的外層輕輕走了幾步，側眼看看謝月英，覺得她對了這落照中的城市煙景也似乎在發癡想。等她朝轉頭來，視線和我接觸的時候，兩人不知不覺的笑了一笑，腳步也自然而然地走了攏來。到了相去不及一二尺的光景，同時她也伸出了一隻手來，我也伸出了一隻手去。

在塔上不知逗留了多少時候，只見太陽愈降愈低了，俯看下去，近旁的村落裏，也已經起了炊煙。我把她胛下夾在那裏的一小包緞子拿了過來，挽住她的手，慢慢的走下塔來的時候，塔院裏早已陰影很多，是倉皇日暮的樣子了。

在迎江寺門前，雇了兩乘人力車，走回城裏來的當中，我一路上想了許多想頭：

「已經是很明白的了，我對她的熱情，當然是隱瞞不過去的事實。她對我也絕不似尋常一樣的遊戲般的播弄。好，好，成功，成功。啊啊！這一種成功的歡喜，我真想大聲叫喚出來。車子進城之後，兩旁路上在暮色裏來往的行人，大約看了我臉上的笑容，也有點覺得奇怪，有幾個竟立住了腳，在呆看著我和走在我前面的謝月英。我這時候羞恥也不怕，恐懼也沒有，滿懷的秘密，只想叫車夫停住了車，跳下來和他們握手，向他們報告，報告我這一回在塔上和謝月英兩個人消磨過去的滿足的半天。我覺得謝月英已經是我的掌中之物了。我想對那一位小白臉的陳君，表示我在無意之中得到了他所想得而得不到的愛的感謝。我更想在戲臺前頭，對那些拚命叫好的浮滑青年，誇示謝月英的已屬於我，請他們不必費心。

想到了這種種滿足的想頭，我竟忘記了身在車上，忘記了日暮的城市，忘記了我自己的同遊塵似的未定的生活。等車到旅館門口的時候，我才同從夢裏醒過來的人似的回到了現實的世界，而謝月英又很急的從門口走了進去，對我招呼也沒有招呼，就在我的面前消失了。手裏捏了一包她今天下午買來的皮襖材料，我卻和癡了似的又不得不立住了腳。想跟著送進去，只恐怕招李蘭香她們的疑忌，想不送進去，又怕她要說我不聰明，不會侍候女人。在亂雜的旅館廳上遲疑了一會，向進裏進去的門口走進走出的走了幾趟，我終究沒有勇氣，仍復把那一包緞子抱著，回到了我自己的房裏。

電光已經亮了，夥計搬了飯菜進去。我要了一壺酒，在燈前獨酌，一邊也在作空想，「今天晚上她在臺上，看她有沒有什麼表示。戲散之後，我應該再到她的戲房裏去一次。……啊啊，她那一隻柔軟的手！」坐坐想想，我這一頓晚飯，竟吃了一個多鐘頭。因爲到戲園子去還早，並且無論什麼時候去，座位總不會沒有的，所以我吃完晚飯之後，就一個人踱出了旅館，打算走上北面城牆附近的一處空地裏去，這空地邊上有一個小池，池上也有一所古廟，廟的前後，卻有許多楊柳冬青的老樹生著，斗大的這A城裏，總算這一個地方比較得幽僻點，所以附近的青年男女學生，老是上這近邊來散步的。我因爲今天日裏的際遇實在好不過，一個人坐在房裏，覺得有點可惜，所以想到這一個清靜的地方去細細的享樂我日裏的回想。走出了門，向東走了一段，在折向北去的小弄裏，卻遇見了許多來往的閒人。這一條弄，本來是不大有人行走的僻弄，今天居然有這許多人來往，我心裏正在奇怪，想，莫非有什麼事情發生了麼？一走出弄，果然不錯，前面弄外的空地裏，竟有許多燈火，和小孩老婦，擠著在尋歡作樂。沿池的岸上，五步一堆，十步一集，舖著些小攤，布篷，和雜耍的圍兒，在高聲的邀客。池岸的廟裏，點得燈火輝煌，彷彿是什麼菩薩的生日的樣子。

走近了廟裏去一看，才曉得今天是舊曆的十一月初一，是這所古廟裏的每年的謝神之日。本來是不十分高大的這古廟廊下，滿掛著了些紅紗燈彩，廟前的空地上，也堆著了一大堆紙帛線香的灰火，有許多老婦，還拱了手，跪在地上，朝這一堆香火在喃喃念著經咒。

我擠進了廟門，在人叢中爭取了一席地，也跪下去向上面佛帳裏的一個有鬍鬚的菩薩拜了幾拜，又立起來向佛櫃上的籤筒裏抽了一枝籤出來。

香的煙和燈的焰，熏得我眼淚流個不住，勉強立起，拿了一枝籤，摸向東廊下櫃上去對籤文的時候，我心裏忽而起了一種不吉的預感，因爲被人一推，那枝籤竟從我的手裏掉落了。拾起籤來，到櫃上去付了幾枚銅貨，把那籤文拿來一讀，果然是一張不大使人滿意的下下籤：

宋勒李使君靈籤第八十四籤　下下

銀燭一曲太嬌嬌　腸斷人間紫玉簫

我雖解不通這籤詩的辭句，但看了末結一句啼鴉衰柳自無聊，總覺得心裏不大舒服。雖然是神鬼之事，大都含糊兩可，但是既然去求問了它，總未免有一點前因後果。況且我這一回的去求籤，係出乎一番至誠之心，因爲今天的那一場奇遇，太使我滿意了，所以我只希望得一張上上大吉的籤，在我的興致上再加一點錦上之花，到此刻我才覺得自尋沒趣了。

懷了一個不滿的心，慢慢的從人叢中穿過了那池塘，走到戲園子去的路上，我疑神疑鬼的又追想了許多次在塔上的她的舉動。——她對我雖然沒有什麼肯定的表示，但是對我並沒有惡意，卻是的的確確的。我對她的愛，她是可以承受的一點，也是很明顯的事實。但是到家之後，她並不對我打一個招呼，就跑了進去，這又是什麼意思呢？——想來想去想了半天，結果我還是斷定這是她的好意，因爲在午後出來的時候，她曾經看見了我的狼狽的態度的緣故。

想到了這裏，我的心裏就又喜歡起來了，籤詩之類，只付之一笑，已經不在我的意中。放開了腳步，我便很急速地走到戲園子裏去。

在臺前頭坐下，當謝月英沒有上臺的兩三個鐘頭裏面，我什麼也沒有聽到，什麼也沒有看見，只在追求今天日裏的她的幻想。

她今天穿的是一件銀紅的外國呢的長袍，腰部做得很緊，所以樣子格外的好看。頭上戴著一頂黑絨的鴨舌女帽，是北方的女伶最喜歡戴的那一種帽子。長圓的臉上，光著一雙迷人的大眼。雙重眼瞼上掛著的有點斜吊起的眉毛，大約是因爲常扮戲的原因吧？嘴唇很彎很曲，顏色也很紅。脖子似乎太短一點，可是不礙，因爲她的頭本來就不大，所以並沒有破壞她全身的勻稱的地方。啊啊，她那一雙手，那一雙輕軟肥白，而又是很小的手！手背上的五個指脊骨上的小孔。

我一想到這裏，日間在塔上和她握手時那一種戰慄，又重新逼上我的身來，搖了一搖頭，舉起眼來向臺上一看，好了好了，是末後倒過來的第二齣戲了。這時候臺上在演的，正是陳蓮奎的《探陰山》，底下就是謝月英的《狀元譜》。我把那些妄念鬬了一鬬清，把頭上的長髮用手理了一理，正襟危坐，重把注意的全部，設法想傾注到戲臺上去，但無論如何，謝月英的那雙同冷泉井似的眼睛，總似在笑著招我，別的物事，總不能印到我的眼簾上來。

最後是她的戲了，她的陳員外上臺了，臺前頭起了一陣叫聲。她的眼睛向臺下一掃，掃到了我的頭上，果然停了幾秒鐘。眼睛又掃向東邊去了。東邊就又起了一陣狂噪聲。我臉漲紅了，急等她再把眼睛掃回過來，可是等了幾分鐘，終究不來。我急起來了，聽了那東邊的幾個浮薄青年的叫聲，心裏只是不舒服，彷彿是一鍋沸水在肚裏煎滾。那幾個浮薄青年盡是叫著不已，她也眼睛只在朝他們看，這時候我心裏真想把一隻茶碗丟擲過去。可是生來就很懦弱的我，終於不敢放開喉嚨來叫喚一聲，只是張著怒目，在注視臺上。她終於把眼睛回過來了，我一霎時就把怒容收起，換了一副笑容。像這樣的悲哀喜樂，起伏交換了許多次數，我覺得心的緊張，怎麼也持續不了了，所以不等她的那齣戲演完，就站起來走出了戲園。

門外頭依舊是寒冷的寒夜，微微的涼風吹上我的臉來，我才感覺到因興奮過度而漲得緋紅的兩頰。在清冷的巷口，立了幾分鐘，我終於捨不得這樣的和她別去，所以就走向了北，摸到通後臺的那條狹巷裏去。

在那條漆黑漆黑的狹巷裏，果然遇見了幾個下臺出來的女伶，可是辨不清是誰，就匆匆的擦過了。到了後臺房的門口，兩扇板門只是虛掩在那裏。門中間的一條狹縫，露出了一道燈光來，那些女孩子們在臺房裏雜談叫噪的聲音，也聽得很清。我幾次想伸手出去，推開門來，可是終於在門上摸了一番，仍舊將雙手縮了回來。又過了幾分鐘，有人自裏邊把門開了，我駭了一跳，就很快的躲開，走向西去。這時候我心裏的一種憤激羞懼之情，比那天自戲園出來，在黑夜的空城裏走到天亮的晚上，還要壓制不住。不得已只好在漆黑不平的路上，摸來摸去，另尋了一條狹路，繞道走上了通北門的大道。繞來繞去，不知白走了多少路，好容易尋著了那大街，正拐了彎想走到旅館中去的時候，後面一陣腳步聲，接著就來了幾乘人力車。我把身子躲開，讓車過去，回轉頭來一看，在灰黃不明白的街燈光裏，又看見了她——謝月英的一個側面來。

本來我是打算今晚上於戲散之後把白天的那包緞子送去，順便也去看看姥姥李蘭香她們的病的，可是在這一種興奮狀態之下，這事情卻不可能了，因為興奮之極，在態度上言語上，不免要露出不穩的痕跡來的。所以我雖則心裏只在難過，只在妄想再去見她一面，而一雙已經走倦了的腳，只在冷清的長街上慢步，慢慢的走回旅館裏去。

五

大約是幾天來的睡眠不足，和昨晚上興奮之後的半夜深夜遊行的結果，早晨醒轉來的時候，覺得頭有點昏痛，天井裏的淡黃的日光，已經射上格子窗上來了。鼻子往裏一吸，只有半個鼻孔，還可以通氣，其他的部分，都已塞得緊緊，和一隻鐵銹住的喞筒沒有分別。朝裏床翻了一個身，背脊和膝蓋骨上下都覺得酸痛得很，到此我曉得是已經中了風寒了。

午前的這小旅館裏的空氣，靜寂得非常，除了幾處腳步聲和一句兩句斷續的話聲以外，什麼響動也沒有。我想勉強起來穿著衣服，但又翻了一個身，覺得身上遍身都在脹痛，橫豎起來也沒有事情，所以就又昏昏沉沉的睡著了。非常不安穩的睡眠，大約隔一二分鐘就要驚醒一次，在半睡半醒的中間，看見的盡是些前後不接的離奇的幻夢。我看見已故的父親，在我的前頭跑，也看見廟裏的許多塑像，在放開腳步走路，又看見和月英兩個人在水邊上走路，月英忽而跌入了水裏。直到旅館的茶房，進房搬中飯臉水來的時候，我總算完全從睡眠裏脫了出來。

頭腦的昏痛，比前更加厲害了，鼻孔裏雖則呼吸不自在，然而呼出來的氣，只覺得燒熱難受。茶房叫醒了我，撩開帳子來對我一望，就很驚恐似的叫我說：

「王先生！你的臉怎麼會紅得這樣？」

我對他說，好像是發燒了，飯也不想吃，叫他就把手巾打一把給我。他介紹了許多醫生和藥方給我，我告訴他現在還想不吃藥，等晚上再說。我的和他說話的聲氣也變了，彷彿是一面敲破的銅鑼，在發啞聲，自家聽起來，也有點覺得奇異。

他走出去後，我把帳門鉤起，躺在枕上看了一看斜射在格子窗上的陽光，聽了幾聲天井角上一棵老樹上的小鳥的鳴聲，頭腦倒覺得清醒了一點。可是想起了昨天的事情，又有點糊塗懵懂，和謝月英的一道出去，上塔看江，和戲院內的種種情景，上面都像有一層薄紗蒙著似的，似乎是幾年前的事情。咳嗽了一陣，想伸出頭去吐痰，把眼睛一轉，我卻看見了昨天月英的那一包材料，還擱在我的枕頭邊上。

比較得清楚地，再把昨天的事情想了一遍，我又不知幾時昏昏的睡著了。

在半醒半睡的中間，我聽見有人在外邊叫門。起來開門出去，卻看見謝月英含了微笑，說要出去。我硬是不要她出去，她似乎已經是屬於我的人了。她就變了臉色，把嘴唇突了起來，我不問皂白，就一個嘴巴打了過去。她被我打後，轉身就往外跑。我也拚命的在後邊追。外邊的天氣，只是暗暗的，彷彿是十三四的晚上，月亮被雲遮住的暗夜的樣子。外面也清靜得很，只有她和我兩個在靜默的長街上跑。轉彎抹角，不知跑了多少時候，前面忽而來了一個人不是人，猿不像猿的野獸。這野獸的頭包在一塊黑布裏，身上什麼也不穿，可是長得一身的毛。牠讓月英跳過去後，一邊就撲上我的身來。我死勁的掙扎了一回，大聲叫了幾聲，張開眼睛來一看，月英還是靜悄悄的坐在我的床面前。

「啊！你還好麼？」我擦了一擦眼睛，很急促地問了她一聲。身上臉上，似乎出了許多冷汗，感覺得異常的不舒服。她慢慢的朝了轉來，微笑著問我說：

「王先生，你剛才做了夢了吧？我聽你在嗚嗚的叫著呢！」

我又舉起眼睛來看了看房內的光線，和她坐著的那張靠桌擺著的方椅，才把剛才的夢境想了過來，心裏著實覺得難以爲情。完全清醒以後，我就半羞半喜的問她什麼時候進這房裏來的？她們的病好些了麼？接著就告訴她，我也感冒了風寒，今天不願意起來了。

「你的那塊緞子，」我又斷續著說，「你這塊緞子，我昨天本想送過來的，可是怕被她們看見了要說話，所以終於不敢進來。」

「嗳嗳，王先生，真對不起，昨兒累你跑了那麼些個路，今天果然跑出病來了。我剛才問茶房來著，問他你的住房在哪一個地方，他就說你病了，覺得很難受麼？」

「謝謝，這一忽兒覺得好得多了，大約也是傷風罷。剛才才出了一身汗，發燒似乎不發了。」

「大約是這一忽兒的流行病罷，姥姥她們也就快好了，王先生，你要不要那一種白藥片兒吃？」

「是阿斯匹林片不是？」

「好像是的，反正是吃了要發汗的藥。」

「那恐怕是的，你們若有，就請給我一點，回頭我好叫茶房照樣的去買。」

「好，讓我去拿了來。」

「喂，喂，你把這一包緞子順便拿了去吧！」

她出去之後，我把枕頭上罩著的一塊乾毛巾拿了起來，向頭上身上盜汗未乾的地方擦了一擦，神志清醒得多了。可是頭腦總覺得空得很，嘴裏也覺得很淡很淡。

月英拿了阿斯匹林片來之後，又坐落了，和我談了不少的天，到此我才曉得她是李蘭香的表妹，是皖北的原籍，像生長在天津的，陳蓮奎本來是在天津搭班的時候的同伴，這一回因爲在漢口和恩小楓她們合不來夥，所以應了這兒的約，三個人一道拆出來上A地來的。包銀每人每月貳百塊。那姥姥是她們——李蘭香和她——的已故的師傅的女人，她們自己的母親——老姊妹兩人，還住在天津，另外還有一個管雜務等的總管，係住在安樂園內的，是陳蓮奎的養父，她們三人的到此地來，亦係由他一個人介紹交涉的，包銀之內他要拿去二成。她們的合同，本來是三個月的期限，現在園主因爲賣座賣得很多，說不定又要延長下去。但她很不願意在這小地方久住，也許到了年底，就要和李蘭香上北京去的，因爲北京民樂茶園也在寫信來催她們去合班。

在苦病無聊的中間，聽她談了些這樣的天，實在比服藥還要有效，到了短日向晚的時候，我的病已經有一大半忘記了。聽見隔牆外的大掛鐘堂堂的敲了五點，她也著了急，一邊立起來走，一邊還咕嚕著說：

「這天真黑得快，你瞧，房裏頭不已經有點黑了麼？啊啊，今天的廢話可真說得太久了，王先生，你總不至於討嫌吧？明兒見！」

我要起來送她出門，她卻一定不許我起來，說：

「您躺著吧，睡兩天病就可以好的，我有空再來瞧你。」

她出去之後，房裏頭只剩了一種寂寞的餘溫和將晚的黑影，我雖則躺在床上，心裏卻也感到了些寒冬日暮的悲哀。想勉強起來穿衣出去，但門外頭的冷空氣實在有點可怕，不得已就只好合上眼睛，追想了些她今天說話時的神情風度，來伴我的孤獨。

她今天穿的，是一件醬色的棉襖，底下穿的，仍復是那條黑的大腳棉褲。頭部半朝著床前，半側著在看我壁上用圖釘釘在那裏的許多外國畫片。我平時雖在戲臺上看她的面形看得很熟，但在這樣近的身邊，這樣仔細長久的得看她卸妝後的素面，這卻是第一回。那天晚上在她們房裏，因為怕羞的原故，不敢看她，昨天在塔上，又因為大自然的煙景迷人，也沒有看她仔細，今天的半天觀察，可把她面部的特徵都讀得爛熟了。

她的有點斜掛上去的一雙眼睛，若生在平常的婦人的臉上，不免要使人感到一種淫艷惡毒的印象。但在她，因為鼻樑很高，在鼻樑影下的兩隻眼底又圓又黑的原故，看去覺得並不奇特。尤其是可以融和這一種感覺的，是她鼻頭下的那條短短的唇中，和薄而且彎的兩條嘴唇，說話的時候，時時會露出她的那副又細又白的牙齒來。張口笑的時候，左面犬齒裏的一個半藏半露的金牙，也不使人討嫌。我平時最恨的是女人嘴裏的金牙，以爲這是下劣的女性的無趣味的表現，而她的那顆深藏不露的金黃小齒，反足以增加她嘻笑時的嫵媚。從下嘴唇起，到喉頭的幾條曲線，看起來更耐人尋味，下嘴唇下是一個很柔很曲的新月形，喉頭是一柄圓曲的鐮刀背，兩條同樣的曲線，配置得很適當的重疊在那裏。而說話的時候，這鐮刀新月線上，又會起水樣的微波。

她的說話的聲氣，絕不似一個會唱皮簧的歌人，因爲聲音很紓緩，很幽閒，一句話和一句話的中間，總有一臉微笑，和一眼斜視的間隔。你聽了她平時的說話，再想起她在臺上唱快板時的急律，誰也會驚異起來，覺得這二重人格，相差太遠了。

經過了這半天的昵就，又仔細觀察了她這一番聲音笑貌的特徵，我胸前伏著的一種藝術家的衝動，忽而激發了起來。我一邊合上雙眼，在追想她的全體的姿勢所給與我的印象，一邊心裏在決心，想於下次見她面的時候，要求她爲我來坐幾次，我好爲她畫一個肖像。

電燈亮起來了，遠遠傳過來的旅館前廳的雜遝聲，大約是開晚飯的徵候。我今天一天沒有取過飲食，這時候倒也有點覺得饑餓了，靠起身坐在被裏，放了我叫不響的喉嚨叫了幾聲，打算叫茶房進來，爲我預備一點稀飯，這時候隔牆的那架掛鐘，已經敲六點了。

六

本來以爲是傷風小病，所以藥也不服，萬想不到到了第二天的晚上，體熱又忽然會增高來的。

心神的不快，和頭腦的昏痛，比較第一日只覺得加重起來，我自家心裏也有點懼怕。

這一天是星期六，安樂園照例是有日戲的，所以到吃晚飯的時候止，謝月英也沒有來看我一趟。我心裏雖則在十二分的希望她來坐在我的床邊陪我，然而一邊也在原諒她，替她辯解，昏昏沉沉的不曉睡到了什麼時候了。我從睡夢中聽見房門開響。

挺起了上半身，把帳門撩起來往外一看，黃冷的電燈影裏，我忽然看見了謝月英的那張長圓的笑，和那小白臉的陳君的臉相去不遠。她和他都很謹慎的怕驚醒我的睡夢似的在走向我的床邊來。

「喔，戲散了麼？」我笑著問他們。

「好久不見了，今晚上上這裏來。聽月英說了，我才曉得了你的病。」

「你這一向上什麼地方去了？」

「上漢口去了一趟。你今天覺得好些麼？」我和陳君在問答的中間，謝月英盡躲在陳君的背後在凝視我的被體熱蒸燒得水汪汪的兩隻眼睛。我一邊在問陳君的話，一邊也在注意她的態度神情。等我將上半身伏出來，指點桌前的凳子請他們坐的時候，她忽而忙著對我說：

「王先生，您睡罷，天不早了，我們明天日裏再來看你。您別再受上涼，回頭倒反不好。」說著她就翻轉身輕輕的走了，陳君也說了幾句套話，跟她走了出去。這時候我的頭腦雖已熱得昏亂不清，可是聽了她的那句：「我們明天日裏再來看你」的「我們」，和看了陳君跟她一道走出房門去的樣子，心裏又莫名其妙的起一種怨憤，結果弄得我後半夜一睡也沒有睡著。

大約是心病和外邪交攻的原因，我竟接連著失了好幾夜的眠，體熱也老是不退。到了病後第五日的午前，公署裏有人派來看我的病了。他本來是一個在會計處辦事的人，也是父執輩的一位遠戚。看了我的消瘦的病容，和毫沒有神氣的對話，他一定要我去進病院。

這A城雖則也是一個省城，但病院卻只有由幾個外國宣教師所立的一所。這所病院地處在A城的東北角一個小高崗上，幾間清淡的洋房，和一叢齊雲的古樹，把這一區的風景，烘托得簡潔幽深，使人經過其地，就能夠感出一種宗教氣味來。那一位會計科員，來回往復費了半日的工夫，把我的身體就很安穩的放置在聖保羅病院的一間特等房的床上了。

病房是在二層樓的西南角上，朝西朝南，各有兩扇玻璃窗門，開門出去，是兩條直角相遇的迴廊。迴廊檻外，西面是一個小花園，南面是一塊草地，沿邊種著些外國梧桐，這時候樹葉已經凋落，草色也有點枯黃了。

進病院之後的三四天內，因為熱度不退，終日躺在床上，倒也沒有感到病院生活的無聊。到了進院後將近一個禮拜的一天午後，謝月英買了許多水果來看了我一次之後，我身體也一天一天的恢復原狀起來，病院裏的生活也一天一天的覺得寂寞起來了。

那一天午後，剛由院長的漢醫生來診察過，他看看我的體溫表，聽聽我胸前背後的呼吸，用了不大能夠瞭解的中國話對我說：

「我們，要恭賀你，恭賀你不久，就可以出去這裏了。」

我問他可不可以起來坐坐走走，他說，「很好很好。」我於他出去之後，就叫看護生過來扶我坐起，並且披了衣裳，走出到玻璃門口的一張躺椅上坐著，在看迴廊欄杆外面樹梢上的太陽。坐了不久，就聽見樓下有女人在說話，彷佛是在問什麼的樣子。我以病人的纖敏的神經，一聽見就直覺的知道這是來看我的病的，因爲這時候天氣涼冷，住在這一所特等病房裏的人沒有幾個，我所以就斷定這一定是來看我的。不等第二回的思索，我就叫看護生去打個招呼，陪她進來。等到來一看，果然是她，是謝月英。

她穿的仍復是那件外國呢的長袍，頸項上圍著一塊黑白的絲圍巾，黑絨的鴨舌帽底下，放著閃閃的兩眼，見了我的病後的衰容，似乎是很驚異的樣子。進房來之後，她手裏捧著了一大包水果，動也不動的對我呆看了幾分鐘。

「啊啊，真想不到你會上這裏來的！」我裝著笑臉，舉起頭來對她說。

「王先生，怎麼，怎麼你會瘦得這一個樣兒！」她說這一句話的時候，臉上的那臉常漾著的微笑也沒有了，兩隻眼睛，盡是直盯在我的臉上。像這一種嚴肅的感傷的表情，我就是在戲臺上當她演悲劇的時候，也還沒有看見過。

我朝她一看，爲她的這一種態度所壓倒，自然而然的也收起了笑容，噤住了說話，對她看不上兩眼，眼裏就撲落落地滾下了兩顆眼淚來。

她也呆住了，說了那一句感嘆的話之後，彷佛是找不著第二句話的樣子。兩人沉默了一會，倒是我覺得難過起來了，就勉強的對她說：

「月英！我真對你不起。」

這時候看護生不在邊上，我說著就搖搖顫顫的立起來想走到床上去。她看了我的不穩的行動，就馬上把那包水果丟在桌上，跑過來扶我。我靠住了她的手，一邊慢慢的走著，一邊斷斷續續的對她說：

「月英！你知不知道，我這病，這病的原因，一半也是，也是爲了你呀！」

她扶我上了床，幫我睡進了被窩，一句話也不講的在我床邊上坐了半天。我也閉上了眼睛，朝天的睡著，一句話也不願意講，而閉著的兩眼角上，盡在流冰冷的眼淚。這樣的沉默了不知多少時候，我忽而臉上感到了一道熱氣，接著嘴唇上，身體上就來了一種重壓。我像麻醉了似的，從被裏伸出了兩隻手來，把她的頭部抱住了。

兩個緊緊的抱著吻著，我也不打開眼睛來看，她也不說一句話，動也不動的又過了幾分鐘，忽而門外面腳步聲響了。再拚命的吸了她一口，我就把兩手放開，她也馬上立起身來很自在的對我說：

「您好好的保養罷，我明兒再來瞧你。」

等看護生走到我床面前送藥來的時候，她已經走出房門，走在迴廊上了。

自從這一回之後，我便覺得病院裏的時刻，分外的悠長，分外的單調。第二天等了她一天，然而她終於不來，直到吃完晚飯以後，看見寒冷的月光，照到清淡的迴廊上來了，我才悶悶的上床去睡覺。

這一種等待她來的心思，大約只有熱心的宗教狂者，盼望基督再臨的那一種熱望，可以略比得上。我自從她來過後的那幾日的情意，簡直沒有法子能夠形容出來。但是殘酷的這謝月英，我這樣熱望著的這謝月英，自從那一天去後，竟絕跡的不來了。一邊我的病體，自從她來了　次之後，竟恢復得很快，熱退後不上幾天，就能夠吃兩小碗的乾飯，並且可以走下樓來散步了。

醫生許我出院的那一天早晨，北風刮得很緊，我等不到十點鐘的會計課的出院許可單來，就把行李等件包好，坐在迴廊上守候。捱一刻如一年的過了四五十分鐘，托看護生上會計課去催了好幾次，等出院許可單來，我就和出獄的罪囚一樣，三腳兩步的走出了聖保羅醫院的門，坐人力車到大新旅館門口的時候，我像同一個女人約定密會的情人趕赴會所去的樣子，胸腔裏心臟跳躍得厲害，開進了那所四十八號房，一股密閉得很久的房間裏的悶氣，迎面的撲上我的鼻來，茶房進來替我掃地收拾的中間，我心裏雖則很急，但口上卻吞吞吐吐地問他，「後面的謝月英她們起來了沒有？」他聽了我的問話，地也不掃了，把屈了的腰伸了一伸，仰起來對我說：

「王先生，你大約還沒有曉得吧？這幾天因爲謝月英和陳蓮奎吵嘴的原因，她們天天總要鬧到天明才睡覺，這時候大約她們睡得正熱火哩！」

我又問他，她們爲什麼要吵嘴。他歪了一歪嘴，閉了一隻眼睛，作了一副滑稽的形容對我說：

「爲什麼呢！總之是爲了這一點！」

說著，他又以左手的大指和二指捏了一個圈給我看。依他說來，似乎是爲了那小白臉的陳君。陳君本來是捧謝月英的，但是現在不曉怎麼的風色一轉，卻捧起陳蓮奎來了。前幾天，陳君爲陳蓮奎從漢口去定了一件繡袍來，這就是她們吵嘴的近因。聽他的口氣，似乎這幾天謝月英的顏色不好，老在對人說要回北京去，要回北京去。可是合同的期限還沒有滿，所以又走不脫身。聽了這一番話，我才明白了前幾天她上病院裏來的時候的臉色，並且又瞭解了她所以自那一天後，不再來看我的原因。

等他掃好了地，我簡單把房裏收拾了一下，心裏忐忑不安地朝桌子坐下來的時候，桌上靠壁擺著的一面鏡子，忽而毫不假借地照出了我的一副清瘦的相貌來。我自家看了，也駭了一跳。我的兩道眉毛，本來是很濃厚美麗的，而在這一次的青黃的臉上豎著，非但不能加上我以些須男性的美觀，並且在我的臉上影出了一層死沉沉的陰氣。眼睛裏的灼灼的閃光，在平時原可以表示一種英明的氣概的，可是在今天看起來，彷彿是特別的在形容顏面全部的沒有生氣了。鼻下嘴角上的鬍影，也長得很黑，我用手去摸了一摸，覺得是雜雜粒粒的有聲音的樣子。失掉了第二回再看一眼的勇氣，我就立起身來把房門帶上，很急的出門雇車到理髮舖裏去。

理完了髮，又上公署前的澡堂去洗了一個澡，看看太陽已經直了，我也便不回旅館，上附近的菜館去喝了一點酒，吃了一點點心，有意的把臉上醉得微紅。我不待酒醒，就急忙的趕回到旅館裏來。進旅館裏，正想走進自己的房裏去再對鏡看一看的時候，那茶房卻迎了上來，又歪了歪嘴，含著有意的微笑對我說：

「王先生，今天可修理得美了。後面的謝月英也剛起來吃過了飯，我告訴她以你的回來，她也好像急急乎要見你似的。哼，快去快去，快把這新修的白面去給她看看！」

我被他那麼一說，心裏又喜又氣，在平時大約要罵他幾句，就跑回到房裏去躲藏著，不敢再出來，可是今天因為那幾杯酒的力量，竟把我的這一種羞愧之心驅散，朝他笑了一臉，輕輕罵了一句「混蛋」，也就公然不客氣地踏進了裏進的門，去看謝月英去了。

七

進了謝月英她們的房裏去一看，她們三人中間的空氣，果然險惡得很。那一回和陳君到她們房裏來的時候，我記得她們是有說有笑，非常融和快樂的，而今朝則月英還是默默的坐在那裏托姥姥梳辮，陳蓮奎背朝著床外斜躺在床上。李蘭香一個人呆坐在對窗的那張床沿上打呵欠，看見我進去了，倒是她第一個立起來叫我，陳蓮奎連身子也不朝過來。我看見了謝月英的梳辮的一個側面，心裏已經是混亂了，嘴裏雖則在和李蘭香攀談些閒雜的天，眼睛卻盡在向謝月英的臉上偷看。

我看見她的側面上，也起了一層紅暈，她的努力側斜過來的視線，也對我笑了一臉。

和李蘭香姥姥應答了幾句，等我坐定了一忽，她的辮子也梳好了。回轉身來對我笑了一臉，她

第一句話就說：

「王先生，幾天不看見，你又長得那麼豐滿了，和那一天的相兒，要差十歲年紀。」

「嗳嗳，真對不起，勞你的駕到病院裏來看我，今天是特地來道謝的。」

那姥姥也插嘴說：

「王先生，你害了一場病，倒漂亮得多了。」

「真的麼！那麼讓我來請你們吃晚飯罷，好作一個害病的紀念。」

我問她們幾點鐘到戲園裏去，謝月英說今晚上她因爲嗓子不好想告假。在那裏談這些閒話的中間，我心裏只在怨另外的三人，怨她們不識趣，要夾在我和謝月英的中間，否則我們兩人早好抱起來親一個嘴了。我以眼睛請求了她好幾次，要求她給我一個機會，好讓我們兩個人盡情的談談衷曲。她也明明知道我這意思，可是和頑強不聽話的小孩似的，她似乎故意在作弄我，要我著一著急。

問問她們的戲目，問問今天是禮拜幾，我想盡了種種方法，才在那裏勉強坐了二三十分鐘，和她們說了許多前後不接的雜話，最後我覺得再也沒有話好說了，就從座位裏立了起來，打算就告辭出去。大約謝月英也看得我可憐起來了，她就問我午後有沒有空，可不可以陪她出去買點東西。我的沉下去的心，立時跳躍了起來，就又把身子坐下，等她穿換衣服。

她的那件羊皮襖，已經做好了，就穿了上去，底下穿的，也是一條新做的玄色的大綢的大腳棉褲。那件皮襖的大團花的緞子面子，係我前次和她一道去買來的，我覺得她今天的特別要穿這件新衣，也有點微妙的意思。

陪她在大街上買了些化妝品類，毫無情緒的走了一段，我就提議請她去吃飯，先上一家飯館去坐它一兩個鐘頭，然後再著人去請李蘭香她們來。我曉得公署前的一家大旅館內，有許多很舒服的房間，是可以請客坐談的，所以就和她走轉了彎，從三牌樓大街，折向西去。

上大旅館去擇定了一間比較寬敞的餐室，我請她上去，她只在忸怩著微笑，我倒被她笑得難爲情起來了，問她是什麼意思。她起初只是很刁乖的在笑，後來看穿了我的真是似乎不懂她的意思，她等茶房走出去之後，才走上我身邊來拉著我的手對我說：

「這不是旅館麼？男女倆，白天上旅館來幹什麼？」

我被她那麼一說，自家覺得也有點不好意思，可是因爲她說話的時候，眼角上的那種笑紋太迷人了，就也忘記了一切，不知不覺的把兩手張開來將她的上半身抱住。一邊抱著，一邊我們兩個就自然而然的走向上面的炕上去躺了下來。

幾分鐘的中間，我的身子好像掉在一堆紅雲堆裏，把什麼知覺都麻醉盡了。被她緊緊的抱住躺著，我的眼淚盡是止不住的在湧流出來。她和慈母哄孩子似的一邊哄著，一邊不知在那裏幽幽的說些什麼話。

最後的一重關突破了，我就覺得自己的一生，今後是無論如何和她分離不開了，我的從前的莫名其妙在仰慕她的一種模糊的觀念，方才漸漸的顯明出來，具體化成事實的一件一件，在我的混亂的腦裏旋轉。

她訴說這一種藝人生活的苦處，她訴說A城一班浮滑青年的不良，她訴說陳蓮奎父女的如何欺凌侮辱她一個人，她更訴說她自己的毫無寄託的半生。原來她的母親，也是和她一樣的一個行旅女優，誰是她的父親，她到現在還沒有知道。她從小就跟了她的師傅在北京天津等處漂流。先在天橋的小班裏吃了五六年的苦，後來就又換上天津來登場。她師傅似乎也是她母親的情人中的一個，因爲當他未死之前，姥姥是常和她母親吵嘴相打的。她師傅死後的這兩三年來，她在京津漢口等處和人家搭了幾次班，總算博了一點名譽，現在也居然能夠獨樹一幟了，她母親和姥姥等的生活，也完全只靠在她一個人的身上。可是她只是一個女孩子，這樣的被她們壓榨，也實在有點不甘心。況且陳蓮奎父女，這一回和她尋事，姥姥和李蘭香脅於陳老頭兒的惡勢，非但不出來替她說一句話，背後頭還要來埋怨她，說她的脾氣不好。她真不想再過這樣的生活了，想馬上離開A地到別處去。

我被她那麼一說，也覺得氣憤不過，就問她可願意和我一道而去。她聽了我這一句話，就舉起了兩隻淚眼，朝我呆視了半天，轉憂爲喜的問我說：

「真的麼？」

「誰說謊來？我以後打算怎麼也和你在一塊兒住。」

「那你的那位親戚，不要反對你麼？」

「他反對我有什麼要緊。我自問一個人就是離開了這裏，也盡可以去找事情做的。」

「那你的家裏呢？」

「我家裏只有我的一個娘，她跟我姊姊住在姊夫家裏，用不著我去管的。」

「真的麼？真的麼？那我們今天就走罷！快一點離開這一個害人的地方。」

「今天走可不行，哪裡有那麼簡單，你難道衣服舖蓋都不想拿了走麼？」

「幾隻衣箱拿一拿有什麼？我早就預備好了。」

我勸她不要那麼著急，橫豎著預備著走，且等兩三天也不遲，因爲我也要向那位父執去辦一個交涉。這樣的談談說說，窗外頭的太陽，已經斜了下去，市街上傳來的雜噪聲，也帶起向晚的景象來了。

那茶房彷彿是經慣了這一種事情似的，當領我們上來的時候，起了一壺茶，打了兩塊手巾之後，一直到此刻，還沒有上來過。我和她站了起來，把她的衣服辮髮整了一整，拈上了電燈，就大聲的叫茶房進來，替我們去叫菜請客。

她因爲已經決定了和我出走，所以也並不勸止我的招她們來吃晚飯，可是寫請客單子寫到了陳蓮奎的名字的時候，她就變了臉色叱著說：

「這一種人去請她幹嘛！」

我勸她不要這樣的氣量狹小，橫豎是要走了，大家歡聚一次，也好留個紀念。一邊我答應她於三天之內，一定離開A地。

這樣的兩人坐著在等她們來的中間，她又跑過來狂吻了我一陣，並且又切切實實地罵了一陣陳蓮奎她們的不知恩義。等不上三十分鐘，她們三人就一道的上扶梯來了。

陳蓮奎的樣子，還是淡淡漠漠的，對我說了一聲「謝謝」，就走往我們的對面椅子上去坐下了。姥姥和李蘭香看了謝月英的那種喜歡的樣子，也在感情上傳染了過去，對我說了許多笑話。

吃飯喝酒喝到六點多鐘，陳蓮奎催說要去要去，說了兩次。謝月英本說要想臨時告假的，但姥姥和我，一道的勸她勉強去應酬一次，若要告假，今晚上去說，等明天再告假不遲。結果是她們四個人先回大新旅館，我告訴她們今晚上想到衙門去一趟辦點公事，所以就在公署前頭和她們分了手。

從黑陰陰的幾盞電燈底下，穿過了三道間隔得很長的門道，正將走辦公室中去的時候，從裏面卻走出了那位前次送我進病院的會計科員來。他認明是我，先過來拉了我的手向我道賀，說我現在氣色很好了。我也對他說了一番感謝的意思，並且問他省長還在見客麼！他說今天因爲有一所學校，有事情發生了，省長被他們學生教員糾纏了半天，到現在還沒有脫身。我就問他可不可以代我遞一個手摺給他，要他馬上批准一下。他問我有什麼事情，我就把在此地彷彿是水土不服，想回家去看一看母親，並且若有機會，更想到外洋去讀幾年書，所以先想在這裏告一個長假，臨去的時候更要預支幾個月薪水，要請他馬上批准發給我才行等事情說了一說。我說著他就引我進去見了科長，把前情轉告了一遍，科長聽了，也不說什麼，只教我上電燈底下去將手摺繕寫好來。

我在那裏端端正正的寫了一個多鐘頭，正將寫好的時候，窗外面一聲吆喝，說，「省長來了。」我正在喜歡這機會來得湊巧，手摺可以自家親遞給他了，但等他進門來一見，覺得他臉上的怒氣，似乎還沒有除去。他對科長很急促的說了幾句話後，回頭正想出去的時候，眼睛卻看見了在旁邊端立著的我。問了我幾句關於病的閒話，他一邊回頭來又問科長說：

「王咨議的薪水送去了沒有？」

說著他就走了。那最善逢迎的科長，聽了這一句話，就當作了已經批准的面諭一樣，當面就寫了一張支票給我。

我拿了支票，寫了一張收條，和手摺一同留下，臨走時並且對他們謝了一陣，出來走上寒空下的街道的時候，心裏又莫名其妙的起了一種感慨。我覺得這是我在A城衙門口走著的最後一次了，今後的飄泊，不知又要上什麼地方去寄身。然而一想到日裏的謝月英的那一種溫存的態度，和日後的能夠和她一道永住的歡情，心裏同時又高興了起來。

八

蕭條的寒雨，淒其滴答，落滿了城中。黃昏的燈火，一點一點的映在空街的水瀦裏，彷彿是淚人兒神瞳裏的靈光。以左手張著了一柄洋傘，右手緊緊地抱住月英，我跟著前面挑行李的夫子，偷偷摸摸，走近了輪船停泊的江邊。

這一天午後，忙得坐一坐，說一句話的工夫都沒有，乘她們三人不在的中間，先把月英的幾隻衣箱，搬上了公署前的大旅館內。問定了輪船著岸的時刻，我便算清了大新旅館的積賬，若無其事的走出上大旅館去。和月英約好了地點，叫她故意示以寬舒的態度，和她們一道吃完晚飯，等她們飯後出去，仍復上戲園去的時候，一個人悠悠自在的走出到大街上來等候。

我押了兩肩行李，從省署前的橫街裏走出，在大街角上和她合成了一塊。

因爲路上怕被人瞥見，所以洋傘擎得特別的低，腳步也走得特別的慢，到了江邊碼頭船上去站住，料理進艙的時候，我的額上卻急出了一排冷汗。

嗡嗡擾擾，碼頭上的人夫的怒潮平息了。船前信號房裏，丁零零零下了一個開船的命令，水夫在呼號奔走，船索也起了旋轉的聲音，汽笛放了一聲沉悶的大吼。

我和她關上了艙門，向小圓窗裏，頭並著頭的朝岸上看了些雨中的燈火，等船身側過了A城市外的一條橫山，兩人方才放下了心，坐下來相對著作會心的微笑。

「好了！」

「可不是麼！真急死了我，吃晚飯的時候，姥姥還問我明天上不上臺哩！」

「啊啊，月英……」

我叫還沒有叫完，就把身子撲了過去，兩人抱著吻著摸索著，這一間小小的船艙，變了地上的樂園，塵寰的仙境，弄得連脫衣解帶，舖床疊被的餘裕都沒有。船過大通港口的時候，我們的第一次的幽夢，還只做了一半。

說情說意，說誓說盟，又說到了「這時候她們回到了大新旅館，不曉得在那裏幹什麼？」「那小白臉的畜生，好抱了陳蓮奎在睡覺了罷？」「那姥姥的老糊塗，只配替陳蓮奎燒燒水的。」我們的興致愈說愈濃，不要說船窗外的寒雨，也與我們無干無涉。我只曉得手裏抱著的是謝月英的養了十八年半的豐肥的肉體，嘴上吮吸著的，是能夠使凡有情的動物都會風靡麻醉的紅艷的甜唇，還有底下，還有底下……啊啊，就是教我這樣的死了，我的二十六歲，也可以算不是白活。人家只知道是千金一刻，呸呸，就是兩千金，萬萬金，要想買這一刻的經驗，也哪裡能夠？

那一夜，我們似夢非夢，似睡非睡的鬧到天亮，方才抱著了合了一合眼。等輪船的機器聲停住，窗外船沿人聲嘈雜起來的時候，聽說船已經到了蕪湖了。

上半天雲停雨停，風也毫末不起，我和她只坐在船艙裏從那小圓窗中在看江岸的黃沙枯樹，天邊的灰雲層下，時時有旅雁在那裏飛翔。這一幅蒼茫黯淡的野景，非但不能夠減少我們閒眺的歡情，我並且希望這輪船老是在這一條灰色的江上，老是像這樣的慢慢開行過去，不要停著，不要靠岸，也不要到任何的目的地點，我只想和她，和謝月英兩個，盡是這樣的漂流下去，一直到世界的盡頭，一直到我倆的從人世中消滅。

江行如夢，通過了許多曲岸的蘆灘，看見了一兩堆臨江的山寨，船過釆石磯頭，已經是午後的時刻了。茶房來替我們收拾行李，月英大約是因爲怕被他看出是女伶的前身，竟給了他五塊錢的小賬。

從叫囂雜亂的中間，我倆在下關下了船。因爲自從那一天決定出走到如今，我和她都還沒有工夫細想到今後的處置，所以諸事不提暫且就到瀛臺大旅社去開了一個臨江的房間住下。

這是我和她在岸上旅館內第一次同房，又過了荒唐的一夜。第二天天放晴了，我們睡到吃中飯的時候，方才蓬頭垢面的走出床來。

她穿了那件粉紅的小棉襖，在對鏡洗面的時候，我一個人穿好了衣服鞋襪，仍復仰躺在波紋重疊的那條被上，茫茫然在回想這幾天來的事情的經過。一想到前晚在船艙裏，當小息的中間，月英對我說的那句：「這時候她們回到了大新旅館，不曉得在那裏幹什麼？」的時候，我的腦子忽然清了一清，同喝醉酒的人，忽然吃到了一杯霜淇淋一樣，一種前後聯絡，理路很清的想頭，就如箭也似的射上我的心來了。我急速從床上立了起來，突然的叫了一聲：

「月英！」

「喔唷，我的媽嚇，你幹嘛？駭死我啦！」

「月英，危險危險！」

她回轉頭來看我盡是對她張大了兩眼的叫危險危險，也急了起來，就收了臉上的那臉常在漾著的媚笑催著我說：

「什——麼嚇？你快說啊！」

我因爲前後連接著的事情很多，一句話說不清楚，所以愈被她催，愈覺得說不出來，又叫了一聲「危險危險」。她看了我這一副空著急而說不出話來的神氣，忽而哺的一聲笑了出來，一隻手裏還拿了那塊不曾絞乾的手巾，她忽而笑著跳著，走近了我的身抱了我的頭吻了半天，一邊吻一邊問我，究竟是爲了什麼？

「喂，月英，你說她們會不會知道你是跟了我跑的？」

「知道了便怎麼啦？」

「知道了她們豈不是要來追麼？」

「追就由她們來追，我自己不願意回去，她們有什麼法子？」

「那就多麼麻煩哩！」

「有什麼麻煩不麻煩，我反正不願意隨她們回去！」

「萬一她們去告警察呢！」

「那有什麼要緊？她們能夠管我麼？」

「你老說這些小孩子的話，我可就沒有那麼簡單，她們要說我拐了你走了。」

「那我就可以替你說，說是我跟你走的。」

「總之，事情是沒有那麼簡單，月英，我們還得想一個法子才行。」

「好，有什麼法子你想罷！」

說著她又走回鏡臺前頭去梳洗去了。我又躺了下去，呆呆想了半天，等她在鏡子前自己把半條辮子梳好的時候，我才坐起來對她說：

「月英，她們發見了你我的逃走，大約總想得到是坐下水船上這裏來的，因爲上水船要到天亮邊才過A地，並且我們走的那一天，上水船也沒有。」

她頭也不朝轉來，一邊梳著辮，一邊答應了我一聲「嗯」。

「那麼她們若要趕來呢，總在這兩天裏了。」

「嗯。」

「我們若住在這裏，豈不是很危險麼？」

「嗯，你底下名牌上寫的是什麼名字？」

「自然是我的真名字。」

「那叫他們去改了就對了啦！」

「不行不行！」

「什麼不行哩？」

「在這旅館裏住著，一定會被她們瞧見的，並且問也問得出來。」

「那我們就上天津去罷！」

「更加不行。」

「爲什麼更加不行哩？」

「你的娘不在天津麼？她們在這裏找我們不著，不也就要追上天津去的麼？經她們四五個人一找，我們哪裡還躲得過去？」

「那你說怎麼辦哩？」

「依我嚇，月英，我們還不如搬進城去罷。在這兒店裏，只說是過江去趕火車去的，把行李搬到了江邊，我們再雇一輛馬車進城去，你說怎麼樣？」

「好罷！」

這樣的決定了計劃，我們就開始預備行李了。兩人吃了一鍋黃魚麵後，從旅館裏出來把行李挑上江邊的時候，太陽已經斜照在江面的許多桅船汽船的上面。午後的下關，正是行人擁擠，滿呈著活氣的當兒。前夜來的雲層，被陽光風勢吞沒了去，清淡的天空，深深的覆在長江兩岸的遠山頭上。隔岸的一排洋房煙樹，看過去像西洋畫裏的背景，只剩了狹長的一線，沉浸在蒼紫的晴空氣裏。我和月英坐進了一輛馬車，打儀鳳門經過，一直的跑進城去，看看道旁的空地疏林，聽聽車前那隻瘦馬的得得得有韻律的蹄聲，又把一切的憂愁拋付了東流江水，眼前只覺得是快樂，只覺得是光明，彷彿是走上了上天的大道了。

九

進城之後，最初去住的，是中正街的一家比較乾淨的旅館。因爲想避去和人的見面，所以我們揀了一間那家旅館的最裏一進的很謹慎的房間，名牌上也寫了一個假名。

把衣箱被舖佈置安頓之後，幾日來的疲倦，一時發足了，那一晚，我們晚飯也不吃，太陽還沒有落盡的時候，月英就和我上床去睡了。

快晴的天氣，又連續了下去，大約是東海暖流混入了長江的影響吧，當這寒冬的十一月裏，溫度還是和三月天一樣，真是好個江南的小春天氣。進城住下之後，我們就天天遊逛，夜夜歡娛，竟把人世的一切經營俗慮，完全都忘掉了。

有一次我和她上雞鳴寺去，從後殿的樓窗裏，朝北看了半天斜陽衰草的玄武湖光。從古同泰寺的門楣下出來，我又和她在寺前寺後臺城一帶走了許多山路。正從寺的西面走向城堞上去的中間，我忽而在路旁發見一口枯草叢生的古井。

「啊！這或者是胭脂井罷！」

我叫著就拉了她的手走近了井欄圈去。她問我什麼叫胭脂井，我就同和小孩子說故事似的把陳後主的事情說給她聽：

「從前哪，在這兒是一個高明的皇帝住的，他相兒也很漂亮，年紀也很輕，做詩也做得很好。侍候他的當然有許多妃子，可是這中間，他所最愛的有三四個人。他在這兒就造了許多很美很美的宮殿給她們住。萬壽山你去過了吧？譬如同頤和園一樣的那麼的房子，造在這兒，你說好不好？」

「那自然好的。」

「噯，在這樣美，這樣好的房子裏頭啊，住的盡是些像你……」

說到了這裏，我就把她抱住，咬上她的嘴去。她和我吮吸了一回，就催著說：

「住的誰呀？」

「住的啊，住的儘是些像你這樣的小姑娘——」我又向她臉上摘了一把。

「她們也會唱戲的麼？」

「那皇帝可真有福氣！」

「可不是麼？她們不但唱戲，還彈琴舞劍，做詩寫字來著。」

這一問可問得我喜歡起來了，我抱住了她，一邊吻一邊說：

「可不是麼？他一早起來呀，就這麼著一邊抱一個，喝酒，唱戲，做詩，盡是玩兒。到了夜裏啦，大家就上火爐邊上去，把衣服全脫啦，又是喝酒，唱戲的玩兒，一直的玩到天明。」

「他們難道不睡覺的麼？」

「誰說不睡來著，他們在玩兒的時候，就是在那裏睡覺的呀！」

「大家都在一塊兒的？」

「可不是麼？」

「她們倒不怕羞？」

「誰敢去羞她們？這是皇帝做的事情，你敢說一句麼？說一句就砍你的腦袋！」

「啊唷喝！」

「你怕麼？」

「我倒不怕，可是那個皇帝怎麼會那樣能幹兒？整天的和那麼些姑娘們睡覺，他倒不累麼？」

「他自然是不累的，在他底下的小百姓可累死了。所以到了後來嚇——」

「後來便怎麼啦？」

「後來麼，自然大家都起來反對他了，有一個韓擒虎帶了兵就殺到了這裏。」

「可是南陽關的那個韓擒虎？」

「我也不知道，可是那韓擒虎殺到了這裏，他老先生還在和那些姑娘們喝酒唱戲哩！」

「啊唷！」

「韓擒虎來了之後，你猜那些妃子們就怎麼辦啦？」

「自然是跟韓擒虎了！」

我聽了她這一句話，心口頭就好像被鋼針刺了一針，噤住了不說下去，我卻張大眼對她呆看了許多時候，她又哄笑了起來，催問我「後來怎麼啦？」我實在沒有勇氣說下去了，就問她說：

「月英！你怎麼會腐敗到這一個地步？」

「什麼腐敗呀？那些妃子們幹的事情，和我有什麼相干？」

「那些妃子們，卻比你高得多，她們都跟了皇帝跳到這一口井裏去死了。」

她聽了我的很堅決的這一句話，卻也駭了一跳，「啊——嚇」的叫了一聲，撇開了我的圍抱她的手，竟踉踉蹌蹌的倒退了幾步，離開了那個井欄圈，向後跑了。

我追了上去，又圍抱住了她，看了她那驚恐的相貌，便也不知不覺的笑了起來，輕輕的慰扶著她的肩頭對她說：

「你這孩子！在這樣的青天白日的底下，你還怕鬼麼？並且那個井還不知道是不是胭脂井哩！」

像這樣的野外遊行，自從我們搬進城去以後，差不多每天沒有息過。南京的許多名山勝地如燕子磯、明孝陵、掃葉樓、莫愁湖等處，簡直處處都走到了，所以覺得時間過去得很快，在城裏住了一個禮拜，只覺得是過了二天三天的樣子。

到了十一月也將完了的幾天前，忽然吹來了幾陣北風，陰森的天氣，連續了兩天，舊曆的十二月初一，落了一天冷雨，到半夜裏，就變了雪珠雪片了。

我們因爲想去的地方都已經去過了，所以就在房裏生了一盆炭火，打算以後就閉門不出，像這樣的度過這個寒冬。頭幾天，爲了北風涼冷，並且房裏頭炭火新燒，兩個人圍爐坐坐談談，或在被窩裏歇歇午覺，覺得這室內的生活，也非常的有趣。可是到了五六天之後，天氣老是不晴，門外頭老是走不出去，月英自朝到晚，一點兒事情也沒有，只是縮著手坐著，打著哈欠。在那裏呆想，我看過去，她彷彿是在感著無聊的樣子。

我所最怕看的，是她於午飯之後，呆坐在圍爐邊上，那一種拖長的冷淡的臉色。叫她一聲，她當然還是裝著微笑，抬起頭來看我，可是她和我上船前後的那一種熱情的緊張的表情，一天一天的稀薄下去了。

尤其是上床和我睡覺的時候，從前的那種燃燒，那種興奮，那種熱力，變成了一種做作的，空虛的低調和播動。我在船上看見了她的那雙黑寶石似的放光的眼睛，和她的同起了劇烈的痙攣似的肢體，不知消散到哪裡去了。

我當陰沉的午後，在圍爐邊上，看她呆坐在那裏，心裏就會焦急起來，有一次我因爲隱忍不過去了，所以就叫她說：

「月英嚇！你覺得無聊得很罷？我們出去玩兒去罷？」

她對我笑著，回答我說：

「天那麼冷，出去幹嘛？倒還不如在房裏坐著烤火的好。這樣下雨的天，上什麼地方去呢？」

我悶悶的坐著，一個人就想來想去的想，想想出一個法子來使她高興。晚上又只好老早的上床，和她胡鬧了一晚，一邊我又在想各種可以使她滿足的方法。

第二天早晨她還睡在那裏的時候，我一個人爬出了床，冒了寒風微雨，上大街上去買了一架留聲機器來。

買的片子，當然都是合她的口味的片子，以老譚汪雨等的爲主，中間也有幾張劉鴻聲孫菊仙汪笑依的。

這一種計策，果然成功了，初買來的兩天之中，她簡直一停也不停地搖轉了兩天。到了第三天，她要我跟了片子唱，我以粗笨的喉音，不合拍的野調，竟哄她笑了一天。後來到了我也唱得有點合拍起來的時候，她卻聽厭了似的盡在邊上袖手旁觀，只看我拚命的在那裏搖轉，拚命的在那裏跟唱。有的時候，當唱片裏的唱音很激昂的高揚一次之後，她雖然也跟著把那頽拖下去的句子唱一二句，可是前兩天的她那一種熱情，又似乎沒有了。

在玩這留聲機器的當中，天氣又變了晴正。寒氣減退了下去，日中太陽出來的中間，刮風的時候很少，我們於日斜的午後，有時也上夫子廟前或大街上去走走。這一種街市上的散步，終究沒有野外遊行的有趣，大抵不過坐了黃包車去跑一兩個鐘頭，回來就順便帶一點吃的物事和新的唱片回來，此外也一無所得。

過了幾天，她臉上的那種倦怠的形容，又復原了，我想來想去，就又想出了一個方法來，就和她一道坐輕便火車出城去到下關去聽戲。

下關的那個戲園，房屋雖則要比A地的安樂園新些，可是唱戲的人，實在太差了，不但內行的她，有點聽不進去，就是不十分懂戲的我，聽了也覺得要身上起粟。

我一共和她去了兩趟，看了她臨去的時候的興高采烈，和回來的時候的意氣消沉，心裏又覺得重重的對她不起，所以於第二次自下關回來的途中，我因爲想對她的那種萎靡狀態，給一點興奮的原因，就對她說了一句笑話：

「月英，這兒的戲實在太糟了，你要聽戲，我們就上上海去罷，到上海去聽它兩天戲來，你說怎麼樣？」

這一針興奮針，實在打得有效，她的眼睛裏，果然又放起那種射人的光來了。在灰暗的車座裏，她也不顧旁邊的有人沒有人，把屁股緊緊的向我一擠，一隻手又狠命的捏了我一把，更把頭貼了過來，很活潑的向我斜視著，媚笑著，輕輕的但又很有力量的對我說：

「去罷，我們上上海去住它兩天罷，一邊可以聽戲，一邊也可以去買點東西。好，決定了，我們明天的早車就走。」

這一晚我總算又過了沉醉的一晚，她也回復了一點舊時的熱意與歡情，因爲睡覺的時候，我們還在談著大都會的舞臺裏的名優的放浪和淫亂。

十

第二天又睡到日中才起來，她也似乎爲前夜的沒有節制的結果乏了力，我更是一動也不願意動。

吃了午飯，兩人又只是懶洋洋的躺著，不願意起身，所以上海之行，又延遲了一日。晚上臨睡的時候，先和茶房約定，叫他於火車開動前的一個半鐘頭就來叫醒我們，並且出城的馬車，也叫他預先爲我們說好。

月英的性急，我早已知道了，又加以這次是上上海去的尋快樂的旅行，所以於早晨四點鐘的時候，她就發著抖，起來在電燈底下梳洗，等她來拉我起來的時候，東天也已經有點茫茫的白了。忍了寒氣，從清冷的長街上被馬車拖出城來，我也感到了一種雞聲茅店的曉行的趣味。

買票上車，在車上也沒有什麼障礙發生，沿火車道兩旁的晴天野景，又添了我們許多行旅的樂趣。車過蘇州城外的時候，她並且提議，當我們於回去的途中，在蘇州也下車來玩它一天，因爲前番接連幾天在南京的勝地巡遊的結果，這些野遊的趣味已經在她的腦裏留下了很深的印象了。

十二點過後，車到了北站，她雖則已經在上海經過過一次，可是短短的一天耽擱，上海對她，還是同初到上海來的人一樣，處處覺得新奇，事事覺得和天津不同。她看見道旁立著的高大的紅頭巡捕，就在馬車裡拉了我的手輕輕的對我笑著說：

「這些印度巡捕的太太，不曉得怎麼樣的？」

我暗暗的在她腿上摘了一把，她倒哈哈的大笑了起來。到四馬路一家旅館裏住定了身，我們不等午飯的菜蔬搬來，就叫茶房去拿了一份報來，兩人就搶著翻看當日的戲目。因爲在南京的時候，除吃飯睡覺時，我們什麼報也不看，所以現在上海有哪幾個名角在登臺，完全是不曉得的。

看報的結果，我們非但曉得上海各舞臺的情形，並且曉得洋冬至已到，大馬路上四川路口的幾家外國鋪子，正在賣聖誕節的廉價。月英於吃完午飯之後，就要我陪她去買服飾用品去，我因為到上海來一看，看了她的那種裝飾，也有點覺得不大合時宜了，所以馬上就答應了她，和她一道出去。

在大馬路上跑了半天，結果她買了一頂黑絨的法國女帽，和四周有很長很軟的鴕鳥毛縫在那裏的北歐各國女人穿的一件青呢外套。因為她的身材比外國女人矮小，所以在長袍子上穿起來，這外套正齊到腳背。她的高高的鼻樑，和北方人裏面罕有的細白的皮色上，穿戴了這些外國衣帽，看起來的確好看，所以我就索性勸她買買周全，又為她買了幾雙肉色的長統絲襪和一雙高底的皮鞋。穿高底皮鞋，這雖還是她的第一次，但因為舞臺上穿高底靴穿慣的原因。她穿著答答的在我前頭走回家來，覺得一點兒也沒有不自然，一點兒也沒有勉強的地方。

這半天來的購買，我雖則花去了一百多元錢，可是看了她很有神氣的在步道上答答的走著，兩旁的人都回過頭來看她的光景，我心坎裏也感到不少的愉快和得意，她自己更加不必說了，我覺得自從和她出奔以後，除了船艙裏的一天一晚不算外，她的像這樣喜歡滿足的樣子，這要算是第一次。

我和她走回旅館裏來的時候，旅館裏的茶房，也看得奇異起來了，他打臉湯水來之後，呆立著看了一忽對我說：

「太太穿外國衣服的時候真好看！」

我聽了這一句話，心裏更是喜歡得不得了，所以於茶房走出去後，就撲上她的身上，又和她吻了半天。

匆忙吃了一點晚飯，我先叫茶房去丹桂第一臺定了兩個座兒，晚飯後，又叫茶房去叫了梳頭的人來，爲月英梳了一個上海正在流行的頭。

我們進戲院去的時候，時間雖則還早，但座兒差不多已經滿了。幸而是先叫茶房來打過招呼的，我們上樓去問了案目，就被領到了第一排的花樓去就座。這中間月英的那雙答答的高底皮鞋又出了風頭，前後的看戲者的眼睛，一時都射到了她的身上臉上來，她和初出臺被叫好的時候一樣，那雙靈活的眼睛，也對大家掃了一掃，我看了她臉上的得意的媚笑，心裏同時起了一種滿足的嫉妒的感情。

那一晚最叫座的戲，是小樓的《安天會》，可是不懂戲的上海的聽者，看小樓和梅蘭芳下臺之後，就紛紛的散了。在這中間，因爲花樓的客座裏起了動搖，池子裏的眼睛，一齊轉向了上來，我覺得這許多眼睛，似乎多在凝視我們，在批評我和美麗的月英的相稱不相稱。一想到此我倒也覺得有點難以爲情，覺得臉上彷彿也紅了一紅。

戲散之後，我們上酒館去吃了一點酒菜點心，從寒冷空洞，有許多電燈照著的長街上背月走回旅館來，路上也遇見了許多坐包車的高等妓女。我私下看看她們，又回頭來和月英一比，覺得月英的風格要比她們高出數倍。

到了旅館裏，我洗了手臉，覺得一天的疲倦，都積壓上來了，所以不等著月英，就先上床睡去。後來月英進被來搖我醒來，已經是在我睡了一覺之後，我看了她的靈活的眼睛，知道她還沒有睡過，「可憐你這鄉下小丫頭，初到城裏來見了這繁華世界，就興奮到這一個地步！」我一邊這樣的取笑她，一邊就翻身轉來，壓上她的身去。

在上海住了三天，小樓等的戲接連聽了兩晚，到了第三天的早晨，我想催她回南京去了。可是她還似乎沒有看足，硬要我再住幾天。

我們就一天換一個舞臺的更聽了幾天。是決定明天一定要回南京去的前一夜，因爲月色很好，我就和她走上了×世界的屋頂，去看上海的夜景。

燈塔似的S·W·兩公司的尖頂，照耀在中間，附近盡是些黑黝黝的屋瓦和幾條縱橫交錯的長街。滿月的銀光，寒冷皎潔的散射在這些屋瓦長街之上。遠遠的黃浦灘頭，有幾處高而且黑的崛起的屋尖，像大海裏的遠島，在指示黃浦江流的方向。

月英登了這樣的高處，看了這樣的夜景，又舉起頭來看看千家同照的月華，似乎想起了什麼心事，在屋頂上動也不動，響也不響的立了許多時候。我雖則捏了她的手，站在她的邊上，但從她的那雙凝望遠處的視線看來，她好像是已經把我的存在忘記了的樣子。

一陣風來，從底下吹進了幾聲哀切的弦管聲音到我們的耳裏，她微微的抖了一抖，我就用一隻手拍上她的肩頭，一隻手圍抱著她說：

「月英！我們下去罷，這兒冷得很。底下還有坤戲哩，去聽她們一聽，好麼？」

尋到了樓下的坤戲場裏，她似乎是想起了從前在舞臺上的時候的榮耀的樣子，臉上的筋肉，又鬆懈歡笑了開來。本來我只想走一轉就回旅館去睡的，可是看了她的那種喜歡的樣兒，又不便馬上就走，所以就捱上臺前頭去揀了兩個座位來坐下。

戲目上寫在那裏的，盡是些鬍子的戲，我們坐下去的時候，一齣半場的《別窯》剛下臺，底下是《梅龍鎮》了，扮正德的戲單上的名字是小月紅。她看了這名字，用手向月字上一指，對我笑著說：

「這倒好像是我的師弟。」

等這小月紅上臺的時候，她用兩手把我的手捏了一把，身子伏向前去，脫出了兩隻眼睛，看了個仔細，同時又很驚異的輕輕叫了一聲：

「啊，這不是夏月仙麼？」

她的這一種驚異的態度，觸動了四邊看戲的人的好奇心，大家都歪了頭，朝她看起來了，因而臺上的小月紅，也注意到了她。小月紅的臉上，也一樣的現了一種驚異的表情，向我們看了幾眼，後來她們倆居然微微的點頭招呼起來了。

她驚喜得同小孩子似的把上半身顛了幾顛。一邊笑著招呼著，一邊也捏緊了我的兩手盡在告訴我說：

「這夏月仙，是在天橋兒的時候，和我合過班的。真奇怪，真奇怪，她怎麼會改了名上這兒來的呢？」

「噢！和你合過班的？真是他鄉遇故知了，你可以去找她去。等她下臺的時候，你去找她去罷！」

我也覺得奇怪起來，奇怪她們這一次的奇遇，所以又問她說：

「你說在天橋兒的時候是和她在一道的，那不已經是四五年前的事情了麼？」

「可不是麼？怕還不止四五年來著。」

「倒難得你們都還認得！」

「她簡直是一點兒也沒有改，還是那麼小個兒的。」

「那麼你自己呢？」

「那我可不知道。」

「大約總也改不了多少罷？她也還認得你，可是，月英，你和我的在一塊兒，被她知道了，會不會有什麼事情出來？」

「不礙，不礙，她從前和我是很要好的，教她不說，她決不會說出去的。」

這樣的談著笑著，她那齣《梅龍鎮》也竟演完了。我就和月英站了起來，從人叢中擠出，繞到後臺房裏去看夏月仙去。月英進後臺房去的時候，我立在外面候著，聽見幾聲她倆的驚異的叫聲。候了不久，那卸妝的小月紅，就穿著一件青布的罩袍，後面跟著一個跟包的小女孩，和月英一道走出臺房來了。

走到了我的面前，月英就嘻笑著為我們兩個介紹了一下。我因為和月英的這一番結識的結果，膽子也很大了，所以就叫月英請小月紅到我們的旅館裏去坐去。出了×世界的門，她就和小月紅坐了一乘車，我也和那跟包的小孩合坐了一乘車，一道的回到旅館裏來。

十一

那本名夏月仙的小月紅，相貌也並不壞，可是她那矮小的身材，和不大說話，老在笑著的習慣，使我感到了一種畏懼。匆匆在旅館裏的一夕談話，我雖看不出她的品性思慮來，可是和月英高談一陣之後，又戚促戚促的咬耳朵私笑的那種行為，我終竟有點心疑。她坐了二十多分鐘，我請她和那跟包的小孩吃了些點心，就告辭走了。月英因此奇遇，又要我在上海再住一天，說明天早晨，她要上夏月仙家去看她，中午更想約她來一道吃飯。

第二天午前，太陽剛曬上我們的那間朝東南的房間窗上，她就起來梳了一個頭。梳洗完後，她因為我昨夜來的疲勞未復，還不容易起來，所以就告訴我說，她想一個人出去，上夏月仙家去。並且拿了一枝筆過來，要我替她在紙上寫一個地名，好叫人看了，教她的路。夏月仙的住址，是愛多亞路三多里的十八號。

她出去之後，房間裏就靜悄悄地死寂了下去。我被沉默的空氣一壓，心裏就感到了一種莫名其妙的恐怖，「萬一她出去了之後，就此不回來了，便怎麼辦呢？」因為我和她，在這將近一個月的當中，除上便所的時候分一分開外，行住坐臥，一刻也沒有離開過。今朝被她這麼一去，起初還帶有幾分遊戲性質的這一種幻想，愈想愈覺得可能，愈覺得可怕了。本來想乘她出去的中間，安閒的睡它一覺的，然而被這一個幻想來一攪，睡魔完全被打退了。

「不會的，不會的，哪裡會有這樣的事情呢？」像這樣的自家的寬慰一番，自笑自的解一番嘲，回頭那一個幻想又忽然會變一個形狀，很切實的很具體的迫上心來。在被窩裏躺著，像這樣的被幻想擾惱，橫豎是睡不著覺的，並且自月英起來以後，被窩也變得冰冷冰冷了，所以我就下了一個決心，走出床來，起來洗面刷牙。

洗刷完後，點心也不想吃，一個人踱著坐著，也無聊賴，不得已就叫茶房去買了一份報來讀。把國內外的政治電報翻了一翻，眼睛就注意到了社會記事的本埠新聞上去。攏總只有半頁的這社會新聞裏，「背夫私逃」，「叔嫂通姦」，「下堂妾又遇前夫」等關於男女姦情的記事，竟有四五處之多。我一條一條的看了之後，腦裏的幻想，更受了事實的襯托，漸漸兒的帶起現實味來了。把報紙一丟，我彷彿是遇了盜劫似的帽子也不帶便趕出了門來。出了旅館的門，跳上門前停在那裏兜賣的黃包車，我就一直的叫他拉上愛多亞路的三多里去，可是拉來拉去，拉了半天，他總尋不到那三多里的方向。我氣得急了，就放大了喉嚨罵了他幾句，叫他快拉上×世界的近旁，向行人一問，果然知道了三多里就離此不遠了。

到了三多里的那條狹小的弄堂門口，我從車上跳了下來。一邊喘著氣，按著心臟的跳躍，一邊又尋來尋去的尋了半天第十八號的門牌。

在一間一樓一底的齷齪的小樓房門口，我才尋見了兩個淡黑的數目18，字寫在黃沙粉刷的牆上。急急的打門進去，拉住了一個開門出來的中老婦人，我就問她，「這兒可有一個姓夏的人住著？」她堅說沒有。我問了半天，告訴她這姓夏的是女戲子，是在×世界唱戲的，她才點頭笑著說，「你問的是小月紅罷？她住在二樓上，可是我剛看見她同一位朋友走出去了。」我急得沒法，就問她：「樓上還有人麼？」她說：「她們是住在亭子間裏的，和小月紅同住的，還有一位她的師傅和一個小女孩的妹妹。」

我從黝黑的扶梯弄裏摸了上去，向亭子間的朝扶梯開著的房門裏一看，果然昨天那小女孩，還坐在對窗的一張小桌子邊上吃大餅。這房裏只有一張床。灰塵很多的一條白布帳子，還放落在那裏。那小女孩聽見了我的上樓來的腳步聲音，就掉過頭來，朝立在黑暗的扶梯跟前的我睇視了一回，認清了是我，她才立起來笑著說：

「姊姊和謝月英姊姊一道出去了，怕是上旅館裏去的，您請進來坐一忽兒罷！」

我聽了這一句話，方才放下了心，向她點了一點頭，旋轉身就走下扶梯，奔回到旅館裏來。

跑進了旅館門，跑上了扶梯，上我們的那間房門口去一看，房門還依然關在那裏，很急促的對拿鑰匙來開門的茶房問了一聲：「夫人回來了沒有？」茶房很悠徐的回答說，「太太還沒有回來。」一聽了他這一句話，我的頭上，好像被一塊鐵板擊了一下。叫他仍復把房門鎖上，我又跳跑下去，到馬路上去無頭無緒的奔走了半天。

走到S公司的前面，看看那個塔上的大鐘，長短針已將疊住在十二點鐘的字上了，只好又同瘋了似的走回到旅館裏來。跑上樓去一看，月英和夏月仙卻好端端的坐在杯盤擺燈的桌子面前，盡在那裏高聲的說笑。

「啊！你上什麼地方去了？」

我見了月英的面，一種說不出來的喜歡和一種馬上變不過來的激情，只衝出了這一句問話來，一邊也在急喘著氣。

她看了我這感情激發的表情，止不住的笑著問我說：

「你怎麼著？爲什麼要跑了那麼快？」

我喘了半天的氣，拿出手帕來向頭上臉上的汗擦了一擦，停了好一會，才回復了平時的態度，慢慢的問她說：

「你上什麼地方去了？我怕你走失了路，出去找你來著。月英啊月英，這一回我可真上了你的當了。」

「又不是小孩子，會走錯路走不回來的。你老愛幹那些無聊的事情。」說著她就斜瞋了我一眼，這分明是賣弄她的媚情的表示，到此我們三人才含笑起來了。

月英叫的菜是三塊錢的和菜，也有一斤黃酒叫在那裏，三個人倒喝了一個醉飽。夏月仙因爲午後還要去上臺，所以吃完飯後就匆匆的走了。我們告訴她搭明天的早車回南京去，她臨走就說明兒一早就上北站來送我們。

下午上街去買了些香粉雪花膏之類的雜用品後，因爲時間還早，又和月英上半淞園去了一趟。半淞園的樹木，都已凋落了，遊人也絕了跡。我們進門去後，只看見了些坍敗的茶棚橋梁，和無人住的空屋之類。在水亭裏走了一圈，爬上最高的假山亭去的中間，月英因爲著的是高底鞋的原因，在半路上拌跌了一次，結果要我背了似的扶她上去。

畢竟是高一點兒的地方多風，在這樣陽和的日光照著的午後，高亭上也覺得有點冷氣逼人，黃浦江的水色，金黃映著太陽，四邊的蘆草灘彎曲的地方，只有靜寂的空氣，浮在那裏促人的午睡。西北面老遠的空地裏，也看得見一兩個人影，可是地廣人稀，仍復是一點兒影響也沒有，黃浦江裏，遠遠的更有幾隻大輪船停著，但這些似乎是在修理中的破船，煙囪裏既沒有煙，船身上也沒有人在來往，彷彿是這天生的大物，也在寒冬的太陽光裏躺著，在那裏假寐的樣子。

月英向周圍看了一圈，聽枯樹林裏的小鳥宛轉啼叫了兩三聲，面上表現著一種枯寂的形容，忽兒靠上了我的身子，似乎是情不自禁的對我說：

「介成！這地方不好，還沒有×世界的屋頂上那麼有趣。看了這裏的景致，好像一個人就要死下去的樣子，我們走罷。」

我仍復扶背了她，走下那小土堆來。更在半淞園的土山北面走了一圈，看了些枯涸了的同溝兒似的泥河和幾處不大清潔的水渚，就和她走出園來，坐電車回到了旅館。

若打算明天坐早車回南京，照理晚上是應該早睡的，可是她對上海的熱鬧中樞，似乎還沒有生厭，吃了晚飯之後，仍復要我陪她去看月亮，上×世界去。

我也曉得她的用意，大約她因爲和夏月仙相遇匆匆，談話還沒有談足，所以晚上還想再去見她一面，這本來是很容易的事情，我所以也馬上答應了她，就和她買了兩張門票進去。

晚上小月紅唱的是《珠簾寨》裏的配角，所以我們走走聽聽，直到十一點鐘才聽完了她那齣戲。戲下臺後，月英又上後臺房去邀了她們來，我們就在×世界的飯店裏坐談了半點多鐘，吃了一點酒菜，談次並且勸小月紅明天不必來送。

月亮仍舊是很好，我們和小月紅她們走出了×世界敘了下次再會的約話，分手以後，就不坐黃包車，步行踏月走了回來。

月英俯下頭走了一程，忽而舉起頭來，眼看著月亮，嘴裏卻輕輕的對我說：

「介成，我想……」

「你想怎麼啦？」

「我想……，我們，我們像這樣的下去，也不是一個結局，……」

「那怎麼辦呢？」

「我想若有機會，仍復上臺去出演去。」

「你不是說那種賣藝的生活，是很苦的麼？」

「那原是的，可是像現在那麼的閒蕩過去。也不是正經的路數。況且……」

我聽到了此地，也有點心酸起來了，因爲當我在A地於無意中積下來一點貯蓄，和臨行時向A省公署裏支來的幾個薪水，也用得差不多了，若再這樣的過去一月，那第二個月的生活就要發生問題，所以聽她講到了這一個人生最切實的衣食問題，我也無話可說，兩人都沉默著，默默的走了一段路。

等將到旅館門口的時候，我就靠上了她的身邊，緊緊捏住了她的手，用了很沉悶的聲氣對她說：

「月英，這一句話，讓我們到了南京之後，再去商量罷。」

第二天早晨我們雖則沒有來時那麼的興致，但是上了火車，也很滿足的回了南京，不過車過蘇州，終究沒有下車去玩。

十二

從上海新回到南京來的幾日當中，因爲那種煩劇的印象，還黏在腦底，並且月英也爲了新買的衣裳用品及留聲機器唱片等所惑亂，旁的思想，一點兒也沒有生長的餘地，所以我們又和上帝初創造我們的時候一樣，過了幾天任情的放縱的生活。

幾天過後，月英更因爲想滿足她那一種女性特有的本能，在室內征服了我還不夠，於和暖晴朗的午後，時時要我陪了她上熱鬧的大街上，或可以俯視釣魚巷兩岸的秦淮河上的茶樓去顯示她的新製的外套，新製的高跟皮鞋，和新學來的化妝技術。

她辮子不梳了，上海正在流行的那一種勻稱不對，梳法奇特的所謂維奴斯——愛神——頭，被她學會了。從前面看過去，左側有一剪頭髮蓬鬆突起，自後面看去，也沒有一個突出的圓球，只是稍爲高一點的中間，有一條斜插過去的深紋的這一種頭，看起來實在也很是好看。尤其是當外國女帽除下來後，那一剪左側的頭髮，稍微下向，更有幾絲亂髮，從這裏頭拖散下來的一種風情，我只在法國的畫集裏，看見過一兩次，以中國的形容詞來說，大約只有「太液芙蓉未央柳」的一句古語，還比較得近些。

本來對東方人的皮膚是不大適合的一種叫「亞孋貢」的法國香粉，淡淡的撲上她的臉上，非但她本來的那種白色能夠調活，連兩頰的那種太姣艷的紅暈，也受了這淡紅帶黃的粉末的輝映，會帶起透明的情調來。

還有這一次新買來的黛螺，用了小毛刷上她的本來有點斜掛上去的眉毛上，和黑子很大的鼻底眼角上一點染，她的水晶晶的兩隻眼睛，只教轉動一動，你就會從心底裏感到一種要聳起肩骨來的涼意。

而她的本來是很曲很紅的嘴唇哩，這一回又被她發見了一種同鬱金香花的顏色相似的紅中帶黑的胭脂。這一種胭脂用在那裏的時候，從她口角上流出來的笑意和語浪，彷彿都會帶著這一種印度紅的顏色似的。你聽她講話，只須看她的這兩條嘴唇的波動，即使不聽取語言的旋律，也可以瞭解她的真意。

我看了她這種種新發明的裝飾；對她的肉體的要求，自然是日漸增高，還有一種從前所沒有的即得患失的恐怖，更使我一刻也不願意教她從我的懷抱裏撕開，結果弄得她反而不能安居室內，要我跟著她日日的往外邊熱鬧的地方去跑。

在人叢中看了她那種滿足高揚，處處撩人的樣子，我的嫉妒心又自然而然的會從肚皮裏直沸起來，彷彿是被人家看一眼她身上的肉就要少一塊似的。我老是上前落後的去打算遮掩她，並且對了那些餓狼似的道旁男子的眼光，也總裝出很兇猛的敵對樣子來反抗。而我的這一種嫉妒，旁人的那一種貪視，對她又彷彿是有很大的趣味似的，我愈是坐立不安的要催她回去，旁人愈是厚顏無恥的對她注視，她愈要裝出那一種媚笑斜視和挑撥的舉動來，增進她的得意。

我的身體，在這半個月中間，眼見得消瘦了下去，並且因爲性欲亢進的結果，持久力也沒有了。

有一次也是晴和可愛的一天午後，我和她上桃葉渡頭的六朝攬勝樓去喝了半天茶回來。因爲內心緊張，嫉妒激發的原因；我一到家就抱住了她，流了一臉眼淚，盡力的享受了一次我對她所有的權利。可是當我精力耗盡的時候，她卻幽閒自在，毫不覺得似的用手向我的頭裏梳插著對我說：

「你這孩子，別那麼瘋，看你近來的樣子，簡直是一隻瘋狗。我出去走走有什麼？誰教你心眼兒那麼小？回頭鬧出病來，可不是好玩意兒。你怕我怎麼樣？我到現在還跑得了麼？」

被她這樣的慰撫一番，我的對她的所有欲，反而會更強起來，結果又弄得同每次一樣，她反而發生了反感，又要起來梳洗，再裝刷一番，再跑出去。

跑出去我當然是跟在她的後頭，旁人當然又要來看她，我的嫉妒當然又不會止息的。於是晚上就在一家菜館裏吃晚飯，吃完晚飯回家，仍復是那一種激情的驟發和筋肉的虐使。

這一種狀態，循環往復地日日繼續了下去，我的神經系統，完全呈出一種怪現象來了。晚上睡覺，非要緊緊地把她抱著，同懷胎的母親似的把她整個兒的摟在懷中，不能合眼，一合眼上，就要夢見她的棄我而奔，或被奇怪的獸類，挾著在那裏姦玩。平均起來，一天一晚，像這樣的夢，總要做三個以上。

此外還有一件心事。

一年的歲月，也垂垂晚了，我的一點積貯和向A省署支來的幾百塊薪水，算起來，已經用去了一大半以上，若再這樣的過去，非但月英的欲望，我不能夠使她滿足，就是食住，也要發生問題。去找事情哩，一時也沒有眉目，況且在這一種心理狀態之下，就是有了事情，又哪裡能夠安心的幹下去？

這一件心事，在嫉妒完時，在亂夢覺後，也時時罩上我的心來，所以到了陰曆十二月的底邊，滿城的炮竹，深夜裏正放得熱鬧的時候，我忽然醒來，看了伏在我懷裏睡著，和一隻小肥羊似的月英的身體，又老要莫名其妙的撲落撲落的滾下眼淚來，神經的弱衰，到此已經達到了極點了。

一邊看看月英，她的肉體，好像在嘲弄我的衰弱似的，自從離開A地以後，愈長愈覺得豐肥鮮艷起來了。她的從前因爲熬夜不睡的原因，長得很乾燥的皮膚，近來加上了一層油潤，摸上去彷彿是將手浸在雪花膏缸裏似的，滑溜溜的會把你的指頭膩住。一頭頭髮，也因爲日夕的梳蓖和香油香水等的灌溉，晚上睡覺的時候，散亂在她的雪樣的肩上背上，看起來像鴉背的烏翎，弄得你止不住的想把它們含在嘴裏，或抱在胸前。

年三十的那一天晚上，她說明朝一早，就要上廟裏去燒香，不准我和她同睡，並且睡覺之前，她去要了一盆熱水來，要我和她一道洗洗乾淨。這一晚，總算是我們出走以來，第一次的和她分被而臥，前半夜我翻來覆去，怎麼也睡不安穩。向她說了半天，甚至用了暴力把她的被頭掀起，我想擠進去，擠進她的被裏去，但她拚死的抵住，怎麼也不答應我，後來弄得我的氣力耗盡，手腳也軟了，才讓她一個睡在外床，自己只好嘆一口氣，朝裏床躺著，悶聲不響，裝作是生了氣的神情。

我在睡不著裝生氣的中間，她倒𪗾𪗾的同小孩子似的睡著了。我朝轉來本想乘其不備，就爬進被去的，可是看了她那臉和平的微笑，和半開半閉的眼睛，我的卑鄙的欲念，彷彿也受了一個打擊。把頭移將過去，只在她的嘴上輕輕地吻了一吻，我就為她的被蓋了蓋好，因而便好好的讓她在做清淨的夢。

我守著她的睡態，想著我的心事，在一盞黃灰灰的電燈底下，在一年將盡的這殘夜明時，不知不覺，竟聽它敲了四點，敲了五點，直到門外街上有人點放開門炮的早晨。

是幾時睡著的，我當然不知道，睡了多少時候，我也沒有清楚，可是眼睛打開來一看，我只覺得寂靜的空氣，圍在我的四周，寂靜，寂靜，寂靜，連門外頭的元日的太陽光，都似乎失掉了生命的樣子。

我驚駭起來了，跳出床來一看，火盆裏的炭，也已燒殘了八九，只有許多雪白雪白的灰，還散積在盆的當中，一個鐵杆的三腳架上，有一鍋我天天早晨起來喜歡吃的蓮子燉在那裏。回頭向四邊更仔細的一看，桌子上也收拾得乾乾淨淨，和平時並沒有什麼分別。再把她的鏡箱盒子的抽斗抽將開來一看，裏面的梳子蓖子和許多粉盒粉撲之類，都不見了，下層盒裏，我只翻出了一張包蓮子的黃皮紙來。我眼睛裏生了火花，在看那幾行粗細不勻，歪斜得同小孩子寫的一樣的字的時候，一聲絕叫，在喉嚨頭咽住，我的全身的血液，都像是凝結住了。

「介成，我想走，上什麼地方，可還不知道，你不用來追我，我隨身只帶了你的那只小提包。衣服之類，全還沒有動，錢也只拿了五十塊。你愛吃的那碗蓮子，我給你烤在火上，你自己的身體要小心保養。月英」

「啊啊！她走了，她果然走了！」

這樣的想了一想，我的斷絕了聯絡的知覺，又重新恢復了轉來，一股同蒸氣似的酸淚，直湧了出來。我踉蹌往後退了幾步，倒在外床她疊好在那裏的那條被上。兩手緊緊抱著了這 條被，我哭著哭著哭著，哭了一個盡情。

眼淚流乾了，胸中也覺得寬暢了一點的時候，我又立了起來，把房裏的東西檢點了一檢點，可是拿著了她曾經用過的東西，把一場一場的細節回想起來，剛止住的眼淚又不自禁地流下來了。一邊流著眼淚，一邊我看出她當走的時候東西果真一點兒也沒有拿去。

除了我和她這一回在上海買的一隻手提皮篋，及二三件日用的衣服器具外，她的衣箱，她的鋪蓋，都還好好的放在原處。

一串鑰匙，她爲我掛在很容易看見的衣鉤上，我的一隻藏鈔票洋錢的小皮篋，她開了之後，仍復爲我放在箱子蓋上，把內容一看，外層的十幾塊現洋和三四張十元的鈔票她拿走了，裏層的一個郵政儲金的簿子和一張匯豐銀行的五十元鈔票，仍舊剩在那裏。

我急忙開房門出去一看，看見院子裏的太陽還是很高，放了渴竭的喉嚨，我就拚命的叫茶房進來。

茶房聽了我著急的叫聲，跑將進來對我一看，也呆住了，問我有什麼事情，我想提起聲來問他，她是什麼時候走的，可是眼淚卻先濕了我的喉嚨，茶房也看出了我的意思，就也同情我似的柔聲告我說：

「太太今天早晨出去的時候，就告訴我說，『你好好的侍候老爺，我要上遠處去一趟來。現在老爺還睡著哪，你別驚醒了他。若炭火熄了，再去添上一點。蓮子也燉上了，小心別讓它焦。』只這麼幾句話。我問她什麼時候回來，她說沒有準兒。有什麼事情了麼？」

「她，她，是什麼時候走的？」

「很早哩！怕還沒有到九點。」

「現在，現在是什麼時候了？」

「三點還沒有到罷！」

「好，好，你去倒一點洗臉水來給我。」

茶房出去之後，我就又哭著回到了房裏，呆呆對她的箱子看了半天，我心上忽兒閃過了一道光明的閃電。

「她又不是死了，哭她幹嘛？趕緊追上去，追上去去尋著她回來，反正她總還走得不遠的。去，馬上去，去追罷。」

我想到了這裏，心裏倒寬起來了。收住了眼淚，把翻亂的衣箱等件疊回原處之後，我挺起身來，把衣服整了一整，一邊捏緊了拳頭向胸前敲了幾下，一邊自己就對自己起了一個誓：

「總之我在這世界上活著一天，我就要尋她一天。無論如何，我總要去尋她著來！」

十三

門外頭是一派快晴的新年氣象。

長街上的店門，都貼滿了春聯，也有半天的，有的完全關在那裏。來往的行人，全穿了新製的馬褂袍子，也有拱手在道賀的。

鼓樂聲，爆竹聲，小孩的狂噪聲，撲面的飛來，絕似夏天的急雨。這中間還有抄牌喊賭的聲音。畢竟行人比平時要少，清冷的街上，除了幾個點綴春景的遊人而外，滿地只是燒殘了的爆竹紅塵。

我張了兩隻已經哭紅了的倦眼，踉蹌走出了旅館的門，就上馬車行去雇馬車去。但是今天是正月初一，馬夫大家在休息著，沒有人肯出來拖我去下關。最後就沒有法子，只好以很昂的價，坐了一乘人力車出城。

太陽已經低斜下去了，出了街市的盡處，那條清冷的路上，竟半天遇不著一個行人，一輛車子。

將晚的時候，我的車到了下關車站，到賣票房去一看，門關得緊緊，站上的人員，都已去喝酒打牌去了。我以最謙恭的禮貌，對一位管雜役的站員，行了一個鞠躬禮，央求他告訴我今天上天津或上海去的火車有沒有了。

他說今天是元旦，上上海和上天津的火車，都只有早晨的一班。

我又謙聲和氣，恨不得拜下去似的問他：

「今天早晨的車，是幾點鐘開的？」

「津浦是六點，滬寧是八點。」

說著他彷彿是很討厭我的絮煩似的，將頭朝向了別處。

我又對他行了一個敬禮，用了最和氣的聲氣問他說：

「對不起，真真對不起，勞你駕再告訴我一點，今天上上海去的車上，可有一位戴黑絨女帽，穿外國外套的女客？」

「那我哪兒知道，車上的人多得很哩！」

「對不起，真真對不起，我因爲女人今天早晨跑了，——唉——跑了，所以……」

這些不必要的說話，我到此也同鄉愚似的說了出來，並且底下就變成了淚聲，說也說不下去了。那站員聽了我的哭聲，對我丟了一眼輕視的眼色，彷彿是把我當作了一個賣哀乞食的惡徒。這時候天已經有點黑了，站員便走了開去。我不得已也只得一邊以手帕擦著鼻涕，一邊走出站來。

車站外面，黃包車一乘也沒有，我想明天若要乘早車的話。還是在下關過夜的好，所以一邊哭著，一邊就從鑼鼓聲裏走向了有很多旅館開著的江邊。

江邊已經是夜景了，從關閉在那裏的門縫裏一條一條的有幾處露出了幾條燈火的光來，我一想起初和月英從A地下來的時候的狀況，心裏更是傷心，可是爲重新回憶的原因，就仍復尋到了瀛臺大旅社去住。

寬廣空洞的瀛臺大旅社裏，這時候在住的客人也很少。我住定之後，也不顧茶房的急於想出去打牌，就拉住了他，又問了些和問那站員一樣的話。結果又成了淚聲，告訴他以女人出走的事情，並且明明知道是不會的，又禁不住的問他今天早晨有沒有見到這樣這樣的一位女人上車。

這茶房同逃也似的出去了之後，我更想起了城裏的茶房對我說的話來，今天早晨她若是於八九點鐘走出中正街的說話，那她到下關起碼要一個鐘頭，無論如何總也將近十點的時候，才能夠到這裏，那麼津浦車她當然是搭不著的，滬寧車也是趕不上的。啊啊，或者她也還在這下關耽擱著，也說不定，天老爺嚇天老爺，這一定是不錯的了，我還是在這裏尋她一晚罷。想到了這裏，我的喜悅又湧上心來了，彷彿是確實知道她在下關的一樣。

我飯也不吃，就跑了出去，打算上各家旅館去，都一家一家的去走尋它遍來。

在黑暗不平的道上走了一段，打開了幾家旅館的門來去尋了一遍，問了一遍，他們都說像這樣這樣的女人並沒有來投宿，他們教我看旅客一覽表上的名姓，那當然是沒有的，因爲我知道她，就是來住，也一定不會寫真實的姓名的。

從江邊走上了後街，無論大的小的旅館，我都卑躬屈節的將一樣的話問了尋了，結果走了十六七家，仍復是一點兒影響也沒有。

夜已經深了，店家大家上門的上門，開賭的開賭，敲年鑼鼓的在敲年鑼鼓了。我不怕人家的鄙視辱罵，硬的又去敲開門來尋問了幾家。有一處我去打門，那茶房非但不肯開門，並且在一個小門洞裏簡直罵豬罵狗的罵了我一陣。我又以和言善貌，賠了許多的不是，仍復將我要尋問的話，背了一遍給他聽，他只說了一聲，「沒有！」帕嗒的一響，很重的就把那小門關上了。

我又走了幾處，問了幾家，弄得元氣也喪盡，頭也同分裂了似的痛得不止，正想收住了這無謂的搜尋，走回瀛臺旅社來休息的時候，前面忽而來了一輛很漂亮的包車。從車燈光裏一看，我看見了同月英一樣的一頂黑絨女帽，和一件周圍有駝鳥毛的外套，車上坐著的人的臉還沒有看清，那車就跑過去了。我旋轉了身，就追了上去，一邊更放大了膽，舉起我那帶淚聲的喉音，「月英！月英！」的叫了幾聲。

前面的車果然停住了，我喜歡得同著了鬼似的跳了起來，馬上跳上去一看，在車座裏坐著的，是一個比月英年紀更小，也是很可愛的小姑娘。她分明是應了局回來的妓女，看了我的樣子也驚了一跳，我又含淚的向她陪了許多不是，把月英的事情簡單的向她說了一說。她面上雖則也像在向我表示同情，可是那不做好的車夫，卻啐了我一聲，又放開大步向前跑走了。

走回瀛臺旅館裏來，已經是半夜了，我一個人翻來覆去，想月英的這回出去，愈想愈覺得奇怪。她若嫌我的沒有錢哩，當初就不該跟我。她若嫌我的相兒醜哩，則一直到她出走的時候止，愛我之情是的確有的。況且當初當我和她相識的時候，看她的舉動，聽她的言語，都不像完全是被動的樣子，若說她另外有了情人了哩，則在這一個多月中間，我和她還沒有離開一夜過。那個A地的小白臉的陳君哩，從前是和她的確有過關係的，可是現在已經早不在她的心裏了，又何至於因此而棄我哩？或者是想起了她在天津的娘了吧？或者是想起了李蘭香和那姥姥了罷？但這也不會的，因為本來她對她們就沒有什麼很深的感情。那麼是為了什麼呢？為了什麼呢？我想來想去，總想不出她的所以要出走的理由來。若硬的要說，或者是她對於那種放蕩的女優生活，又眼熱起來了，或者是因為我近來過於愛她了。但是不會的，也不會的，對於女優生活的不滿意，是她自己親口和我說的。我的過於愛她，她近來雖則時時有不滿意的表示，但世上哪有對於溺愛自己者反加以憎惡的人？

我更想想和她過的這一個多月的性愛生活，想想她的種種熱烈地強要我的時候的舉動和臉色，想想昨晚上洗身的事情和她的最後的那一種和平的微笑的睡臉，一種不可名狀的悲苦，從肚底裏一步一步的壓了上來，「啊啊，今後是怎麼也見她不到了，見她不到了！」這麼的一想，我的胸裏的苦悶，就變了嗚嗚的哭聲流露了出來。愈想止住發聲不哭響來，悲苦愈是激昂，結果一聲聲的哭聲，反而愈大。

這樣的苦悶了一晚，天又白灰灰的亮了，車站上機關車回轉的聲音，也遠遠傳了幾聲過來，到此我的頭腦忽而清了一清。

「究竟怎麼辦呢？」

若昨晚上的推測是對的話，那說不定她今天許還在南京附近，我只須上車站去等著，等她今天上車的時候，去拉她回來就對了。若她已經是離開了南京的話，那她究竟是上北的呢？下南的呢？正想到了這裏，江中的一隻輪船，婆婆的放了一聲汽笛。

我又昏亂了，因爲昨晚上推想她走的時候，我只想到了火車，卻沒有想到從這裏坐輪船，也是可以上漢口，下上海去的。

急忙叫茶房起來，打水給我洗了一個臉，我賬也不結，付了三塊大洋，就匆匆跑下樓來，跑上江邊的輪船碼頭去。

上碼頭船上去一問，艙房裏只有一個老頭兒躺在床上，在一盞洋油燈底下吸煙。我又千對不起萬對不起的向他問了許多話。他說元旦起到初五上是封關的，可是昨天午後有一隻因積貨遲了的下水船，船上有沒有搭客，他卻沒有留心。

我決定了她若是要走，一定是搭這一隻船去的，就謝了那老頭兒許多回數，離開了那隻碼頭的躉船。到岸上來靜靜的一想，覺得還是放心不下，就又和幾個早起的工人旅客，走向了西，買票走上那隻開赴浦口的聯絡船去，因爲我想萬一她昨天不走，那今天總逃不了那六點和八點的兩班車的，我且先到浦口去候它一個鐘頭，再回來趕車去上海不遲。

船起了行，灰暗的天漸漸地帶起曉色來了。東方的淡藍空處，也湧出了幾片桃紅色的雲來，是報告日出的先驅。天上的明星，也都已經收藏了影子，寒風吹到船中。船沿上的幾個旅客，一例的喀了幾聲。我聽到了幾聲從對岸傳來的寒空裏的汽笛，心裏又著了急，只怕津浦車要先我而開，恨不得棄了那隻遲遲前進的渡輪，一腳就跨到浦口車站去。

船到了浦口，太陽起來了，幾個蕭疏的旅客，拖了很長的影子，從跳板上慢慢走上了岸。我擠過了幾組同方向走往車站去的行人，便很急的跑上賣票房前的那個空洞的大廳裏去。

大廳上旅客很少，只有幾個夫役在那裏掃地打水。我抓住了一個穿制服的車上的役員，又很謙恭的問，他有沒有看見這樣這樣的一個婦人。他把頭彎了一彎，想了一想，又搖頭說：「沒有！」更把嘴巴一舉，叫我自家上車廂裏去尋尋看。

我一乘一乘，從後邊尋到前邊，又從前邊尋到後面，婦人旅客，只看見了三個。一個是鄉下老婦人，一個是和她男人在一道的中年的中產者，分明是坐車去拜年去的，還有一個是西洋人。

呆呆的立在月臺上的寒風裏，我看見和我同船來的旅客一組一組的進車去坐了，又過了幾分鐘，唧零零的一響，火車就開始動了。我含了兩包眼淚，在月臺上看車身去遠了，才走出站來，又走上渡輪，搭回到下關來。

到下關車站，已經是七點多了。究竟是滬寧車，在車站上來往的人也擁擠得很。我買了一張車票進去，先在月臺上看來看去的看了半天，有好幾次看見了一個像月英的婦人，但趕將上去一看，又落了一個空。

進車之後，我又同在浦口車站上的時候一樣，從前到後，從後到前的看了兩遍，然而結果，仍舊是同在浦口的時候一樣。

這一天車誤了點，直到兩點多鐘才到蘇州。在車座裏悶坐著，我想的盡是些不吉的想頭，因爲我曉得她在上海只有一個小月紅認識，所以我在我的幻想上，又如何的爲月英介紹舞臺的老闆。又想到了那個和她在一張床上睡的所謂師傅的如何從中取利，更如何的和月英通姦，想到了這裏幾乎使我從車座裏跳了起來。幸而正當我苦悶得最難受的時候，車也到了北站了，我就一直的坐車尋到三多里的小月紅家裏去。

十四

上海的馬路上，也是一樣的鼓樂喧天的泛流著一派新年的景象。不過電車汽車黃包車等多了幾乘，行人的數目多了一點，其餘的樣子，店門都關上的街市上的樣子，還是和南京一樣。

我尋到了愛多亞路的三多里，打開了十八號的門，也忘記了說新年的賀話，一直的就跑上了那間我曾經來過一次的亭子間中。

進去一看，小月紅和那小女孩都不在，只有一位相貌獰惡的四十來歲的北佬，穿了一件黑布的羊皮袍子，對窗坐著在拉胡琴。

我對他敘了禮，告訴他以前次來過的謝月英是我的女人。我話還沒有說完，他卻驚異的問我說：

「噢，你們還沒有回南京去麼？」

我又告訴她，回是回去了，可是她又於昨天早晨走了。接著我又問他，她到這裏來過沒有，並且問小月紅有沒有曉得，月英究竟是上哪裡去的。

他搖搖頭說：

「這兒可沒有來過，或者小月紅知道也未可知，等她回來的時候，讓我問問她看。」

我問他小月紅上哪裡去了，他說她去唱戲，還沒有回來。我爲了他的這一句「或者小月紅知道也未可知」就又充滿了希望，笑對他說：

「她大約是在×世界吧？讓我上那兒去尋她去。」

他說：

「快是快回來了，可是你去×世界玩玩也好。」

他並不曉得我的如落火毛蟲一樣的焦急，還以爲我想去逛×世界，我心裏雖則在這麼想，但嘴上卻很恭敬的和他告了別，走了出來。

畢竟是新年的第二日，×世界的遊人，真可以說是滿坑滿谷。我擠過了許多人，也顧不得面子不面子，竟直接的跑到了後臺房裏，和守門的人說，一定要見一見小月紅。她唱的戲還沒有上臺，然而頭面已經扮縛好了。臺房裏的許多女孩子，因爲我直衝了過去，拉著了小月紅在絮絮尋問，所以大家都在斜視著朝我們看。問了半天，她仍舊是莫名其妙，我看了她的那一種表情，和頭回她師傳的那一種樣子，也曉得再問是無益的了，所以只告訴她我仍復住在四馬路的那家旅館裏，她以後萬一聽到或接到月英的消息，請她千萬上旅館裏來告訴我一聲。末了我的說話又變成了淚聲，當臨走的時候，並且添了一句說：

「我這一回若尋她不著，怕就不能活下去了。」

走出了×世界我仍復上四馬路的那家旅館去開了一個房間。又是和她曾經住過的這旅館，這一回這樣的隻身來往，想起舊情，心裏的難過，自然是可以不必說了。獨坐在房間裏細細的回想了一陣那一天早晨，因為她上小月紅那裏去而空著急的事情，又橫空的浮上了心來。

「啊啊，這果然成了事實了，原來愛情的確是靈奇的，預感的確是有的。」

這樣癡癡呆呆的想了半天，房裏的電燈忽然亮了，我倒駭了一跳，原來我用兩隻手支住了頭，坐在那裏呆想，竟把時間的過去，日夜的分別都忘掉了。

茶房開進門來，問我要不要吃飯，我只搖搖頭，朝他呆看看，一句話也不願意說。等他帶上門出去的時候，我又感到了一種無限的孤獨，所以又叫他轉來問他說：

「今天的報呢？請你去拿一份來給我。」

因為我想月英若到了上海，或者乘新年的熱鬧，馬上去上了臺也說不定，讓我來看一看報上的戲目，究竟沒有像她那樣的名字和她所愛唱的戲目載在報上。可是茶房又笑了一笑回答我說：

「今天是沒有報的，要正月初五起，才會有報。」

到此我又失了望。但這樣的坐在房裏過夜，終究是過不過去，所以我就又問茶房，上海現在有幾處坤劇場。他想了一想，報了幾處，但又報不完全，所以結果他就說：

「有幾處坤劇場，我也不大曉得，不過你要調查這個，卻很容易，我去把舊年的報，拿一張來給你看就是了。」

他把去年年底的舊報拿來之後，我就將戲目廣告上凡有坤劇的戲院地點都抄了下來，打算一家一家的去看它完來。因爲曉得月英若要去上臺，她的真名字決不會登出來的，所以我想費去三四天工夫，把上海所有的坤角都去看它一遍。

從此白天晚上，我又只在坤角上演的戲院裏過日子了，可是這一種看戲，實在是苦痛不過。有幾次我看見一個身材年齡扮相和她相像的女伶上臺，便脫出了眼睛，把身子靠在前去凝視。可是等她的臺步一走，兩三句戲一唱，我的失望的消沉的樣子，反要比不看見以前更加一倍。

在臺前頭枯坐著，夾在許多很快樂的男女中間，我想想去年在安樂園的情節，想想和月英過的這將近兩個月的生活，肚裏的一腔熱淚，正苦在無地可以發泄，哪裡還有心思聽戲看戲呢？可是因爲想尋著她來的原因，想在這大海裏撈著她來的原因，又不得自始至終的坐在那裏，一個坤角也不敢漏去不看。

看戲的時候，因爲眼睛要張得大，注意著一個個更番上來的女優，所以時間還可以支吾過去。但一到了戲散場後，我不得不拖了一雙很重的腳和一顆出血的心一個人走回旅館來的時候，心裏頭覺得比死刑囚走赴刑場去的狀態，還要難受。

晚上睡是無論如何睡不著了，雖然我當午前戲院未開門的時候，也曾去買了許多她所用過的香油香水和亞媲貢香粉之類的化妝品來，倒在床上香著，可是愈聞到這一種香味，愈要想起月英，眼睛愈是閉不攏去。即有時勉強的把眼睛閉上了，而眼簾上面，在那裏歷歷旋轉的，仍復是她的笑臉，她的肉體，她的頭髮和她的嘴唇。

有時候，戲院還沒有開門，我也常走到大馬路北四川路口的外國舖子的樣子間前頭去立著。可是看了肉色的絲襪，和高跟的皮鞋，我就會想到她的那雙很白很軟的肉腳上去，稍一放肆，簡直要想到她的絲襪統上面的部分或她的只穿了鞋襪，立在那裏的裸體才能滿足，尤其是使我熬忍不住的。是當走過四馬路的各洗衣作的玻璃窗口的時候，不得不看見的那些嬌小彎曲的女人的春夏衣服。因爲我曾經看見過她的褻衣，看見過她的把襯衫解了一半的胸部過的，所以見了那些曾親過女人的薌澤的衣服，就不得不想到最猥褻的事情上去。

這樣的日子，一天一天的過去了，我早晨起來，就跑到那些賣女人用品的店門前或洗衣作前頭去呆立，午後晚上，便上一家一家的坤戲院去看轉來。可是各處的坤戲院都看遍了，而月英的消息還是杳然。舊曆的正月已經過了一個禮拜，各家報館也在開始印行報紙了。我於初五那一天起，就上各家大小報館去登了一個廣告：「月英呀，你回來，我快死了。你的介成仍復住在四馬路××旅館裏候你！」可是登了三天報，仍復是音信也沒有。

種種方法都想盡了，末了就只好學作了鄉愚，去上城隍廟及紅廟等處去虔誠禱告，請菩薩來保佑我。可是所求的各處的籤文，及所卜的各處的課，都說是會回來的，會回來的，你且耐心候著罷。同時我又想起了A地所求的那一張籤，心裏實在是疑惑不安，因爲一樣的菩薩，分明在那裏作兩樣的預言。

我因爲悲懷難遣，有時候就買了許多紙帛錠錁之類，跑到上海附近的郊外的墓田裏去。尋到一塊女人的墓碑，我就把她當作了月英的墳墓，拜下去很熱烈的祝禱一番，痛哭一番。大約是這一種禱祝發生了效驗了罷，我於一天在上海的西郊祭奠禱祝了回來，忽而在旅館房門上接到了一封月英自南京的來信。信的內容很簡單，只說：「報上的廣告看見了，你回來！」我喜歡極了，以爲上海的鬼神及卜課真有靈驗，她果然回來了。

我於是馬上再去買了許多她所愛用的香油香粉香水之類，包作了一大包，打算回去可以作禮物送她，就於當夜坐了夜車，趕回南京去，因爲火車已經照常開車了。

在火車上當然是一夜沒有睡著。我把她的那封信塞在衣裳底下的胸前，一面開了一瓶她最愛灑在被上的海利奧屈洛普的香水，擺在鼻子前頭，閉上眼睛，聞聞香水，我只當是她睡在我的懷裏一樣，腦裏盡是在想她當臨睡前後的那種姿態言語。

天還沒有亮足，車就到了下關，在馬車裏被搖進城去的中間，我心裏的跳躍歡欣，比上回和她一道進城去的時候，還要巨大數倍。

我一邊在看朝陽曬著的路旁的枯樹荒田，一邊心裏在默想見她之後，如何的和她說頭一句話，如何的和她算還這幾天的相思賬來。

馬車走得真慢，我連連的催促馬夫，要他爲我快加上鞭，到後好重重的謝他。中正街到了，我只想跳落車來，比馬更快的跑上旅館裏去，因爲愈是近了，心裏倒反愈急。

終究是到了，到了旅館門口，我沒有下車，就從窗口裏大聲的問那立在門口接客的賬房說：

「太太回來了麼？」

那賬房看見是我，就迎了過來說：

「太太來過了，箱子也搬去了，還有行李，她交我保存在那房裏，說你是就要來的。」

我聽了就又張大了眼睛，呆立了半天。賬房看我發呆了，又注意到了我的驚恐失望的形容，所以就接著說：

「您且到房裏去看看罷，太太還有信寫在那裏。」

我聽了這一句話，就又和被魔術封鎖住的人仍舊被解放時的情形一樣，一直的就跑上裏進的房裏去。命茶房開進房門去一看，她的幾隻衣箱，果真全都拿走了，剩下來的只是我的一隻皮箱，一隻書櫥，和幾張洋畫及一疊畫架。在我的箱子蓋，她又留了一張字跡很粗很大的信在那裏：

「介成：我走的時候，本教你不要追的，你何以又會追上上海去的呢？我想你的身體不好，和你住在一道，你將來一定會因我而死。我覺得近來你的身體，已大不如前了，所以才決定和你分開，你也何苦呢？

我把我的東西全拿去了，省得你再看見了心裏難受。你的物事我一點兒也不拿，只拿了一張你爲我畫而沒有畫好的相去。

介成，我這一回上什麼地方去是不一定的，請你再也不要來追我。再見吧，你要保重你自己的身體。月英。」

「啊啊，她的別我而去，原來是爲了我的身體不強！」

我這樣的一想，一種羞憤之情，和懊惱之感，同時衝上了心頭。但回頭一想，覺得同她這樣的別去，終是不甘心的，所以馬上就又決定了再去追尋的心思，我想無論如何總要尋她著來再和她見一面談一談。我收拾了一收拾行李，就叫茶房來問說：

「太太是什麼時候來的？」

「是三四天以前來的。」

「她在這兒住了一夜麼？」

「嗳，住了一夜。」

「行李是誰送去的？」

「是我送去的。」

「送上了什麼地方？」

「她是去搭上水船的。」

啊啊，到此我才曉得她是上A地去的，大約一定是仍復去尋那個小白臉的陳君去了罷。我一邊在這樣的想著，一邊也起了一種惡意，想趕上A地去當了那小白臉的面再去辱罵她一場。

先問了問茶房，他說今天是有上水船的，我就不等第二句話，叫他開了賬來，爲我打疊行李，馬上趕出城去。

船到A地的那天午後，天忽而下起微雪來了。北風異常的緊，A城的街市也特別的蕭條。我坐車先到了省署前的大旅館去住下，然後就冒雪坐車上大新旅館去。

旅館的老闆一見我去，就很親熱的對我拱了拱手，先賀了我的新年，隨後問我說：

「您老還住在公署裏麼？何以臉色這樣的不好？敢不又病了麼？」

我聽他這一問，就知道他並不曉得我和月英的事情，他彷彿還當我是沒有離開過A地的樣子。我就也裝著若無其事的面貌問他說：

「住在這兒的幾個女戲子怎麼樣了？」

「啊啊，她們啊，她們去年年底就走了，大約已經有一個多月了罷？」

我和他談了幾句閒天，順便就問了他那一位小白臉陳君的住址，他忽而驚異似的問我說：

「您老還不知道麼？他在元旦那一天吐狂血死了。嚇，這一位陳先生，真可惜，年紀還很輕哩！」

我突然聽了這一句話，心口裏忽而涼了一涼，一腔緊張著的嫉妒和怨憤，也忽而鬆了一鬆，結果幾禮拜來的疲勞和不節制，就從潛隱處爬了出來，征服了我的身體。勉強踉蹌走出了旅館門，我自己也意識到了我的肉體的衰竭和心臟的急震。在微雪裏叫了一乘黃包車，教他把我拉上聖保羅病院去的中間，我覺得我的眼睛黑了。

仰躺在車上，我只微微覺得有一股冷氣，從腳尖漸漸直逼上了心頭。我覺得危險，想叫一聲又叫不出口來，舌頭也硬結住了。我想動一動，然後肢體也不聽我的命令。忽兒我覺得腦門上又飛來了一塊很重很大的黑塊，以後的事情，我就不曉得了。

後敘

五六年前頭，我在A地的一個專門學校裏教書。這風氣未開的A城裏，閒來可以和他們談談天的，實在沒有幾個人。

在同一個學校裏教英文的一位美國宣教師，似乎也在感到這一種苦痛，所以我在A城住不上兩個月，他就和我變成了很好的朋友。

秋季始業後將近三個月的一天晴朗的午後，我在一間朝南的住房裏煮咖啡吃，忽而他也闖了進來。他和我喝喝咖啡，談談閒天，不知不覺竟坐了一個多鐘頭。門房把新到的我的許多外國雜誌送進來了，我就送了幾份給他，教他拆開來看，同時我自家也拿起了一份英國印行的關於文學藝術的月刊，將封面拆了，打開來讀。

翻了幾頁，我忽而看見了一個批評本年巴黎沙隆畫展的文章，中間有一段，是為一個入選的中國留學生的畫名《失去的女人》捧場的，此畫的作者，不曉是哪幾個中國字，但外國名字是C.C.Wang。我看了幾行，就指給我的那位美國朋友看，並且對他說：

「我們中國留學生的畫，居然也在巴黎的沙隆畫展裏入選了。」

他看見了那個名字，忽而吊起了眼睛想了一想，彷彿是在追想什麼似的。想了兩三分鐘，他又忽而用手拍了一拍桌子，對我叫著說：「我想起了，這畫家是我認識的。」

我聽了也覺得奇怪起來，就問他是在美國認識的呢還是在歐洲認識的？因為我這位美國朋友，從前也曾到過歐洲的，他很喜歡的笑著說：「也不是在美國，也不是在歐洲，是在這兒遇見的。」

我倒愈加被他弄昏了，所以要他說說明白。他就張著嘴笑著說：

「這是我們醫院裏的一個患者。三四年前，他生了心臟病，昏倒在雪窠裏，後來被人送到了我們的醫院裏來。他在醫院裏住了五個多月，因為我是每禮拜到醫院裏去傳道的，所以後來也和他認識了。我看他彷彿老是愁眉不展，憂鬱很深的樣子，所以得空也特別和他談些教義和聖經之類，想解解他的愁悶。有一次和他談到了祈禱和懺悔，我說：我們的愁思，可以全部說出來，全交給一個比我們更偉大的牧人的，因為我們都是迷了路的羊，在迷路上有危險，有恐懼，是免不了的。只有赤裸裸地把我們所負擔不了的危險恐懼告訴給這一個牧人，使他爲我們負擔了去，我們才能夠安身立命。教會裏的祈禱和懺悔，意義就在這裏。他聽了我這一段話，好像是很感動的樣子，後來過了幾天，我於第二次去訪他的時候，他先和我一道的禱告，禱告完後，他就在枕頭底下拿出了一篇很長很長的懺悔錄來給我看。這篇懺悔錄，稿子還在我那裏，我下次可以拿來給你看的，真寫得明白詳細。他出院之後，聽說就到歐洲去了，我想這一定就是他，因爲我記得我曾經在一本姓名錄上寫過這一個C.C.Wang的名字。」

過了幾天，他果然把那篇懺悔錄的稿子拿了來給我看，我當時讀後，也感到了一點趣味，所以就問他要了來藏下了。

前面所發表的，是這一篇懺悔錄的全文，題名的「迷羊」兩字是我爲他加上去的。

一九二七年十二月十九日達夫志

注釋

①本篇最初由上海北新書局於一九二八年一月十日出版。

郁達夫作品精選：2

微雪【經典新版】

作者：郁達夫
發行人：陳曉林
出版所：風雲時代出版股份有限公司
地址：10576台北市民生東路五段178號7樓之3
電話：(02) 2756-0949
傳真：(02) 2765-3799
執行主編：朱墨菲
美術設計：吳宗潔
行銷企劃：林安莉
業務總監：張瑋鳳

初版日期：2018年10月
ISBN：978-986-352-632-2

風雲書網：http://www.eastbooks.com.tw
官方部落格：http://eastbooks.pixnet.net/blog
Facebook：http://www.facebook.com/h7560949
E-mail：h7560949@ms15.hinet.net
劃撥帳號：12043291
戶名：風雲時代出版股份有限公司

風雲發行所：33373桃園市龜山區公西村2鄰復興街304巷96號
電話：(03) 318-1378
傳真：(03) 318-1378
法律顧問：永然法律事務所 李永然律師
　　　　　北辰著作權事務所 蕭雄淋律師

行政院新聞局局版台業字第3595號 營利事業統一編號22759935

定價：220元

國家圖書館出版品預行編目資料

郁達夫作品精選：2 微雪 經典新版 / 郁達夫著. --
初版. -- 臺北市：風雲時代, 2018.09　面；　公分

ISBN 978-986-352-632-2（平裝）

857.63　　　　　　　　107012025